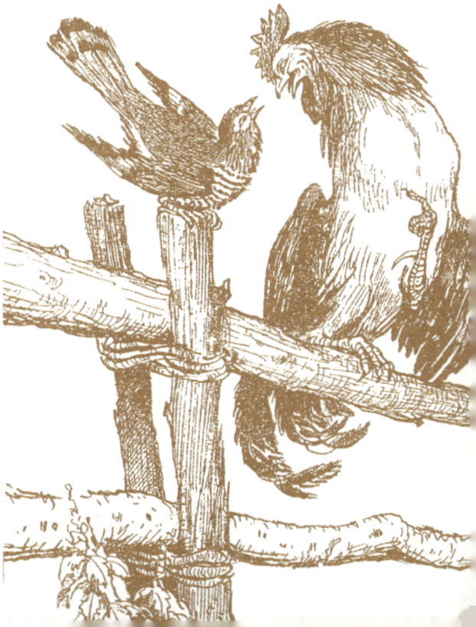

И. А. КРЫЛОВ
ПОЛНОЕ СОБРАНИЕ
БАСЕН

［俄］克雷洛夫 ——— 著

谷羽 ——— 译

克雷洛夫寓言
全集

人民文学出版社

图书在版编目(CIP)数据

克雷洛夫寓言全集/(俄罗斯)克雷洛夫著;谷羽译.—北京:人民文学出版社,2019 (2023.2重印)
ISBN 978-7-02-014789-2

Ⅰ.①克… Ⅱ.①克… ②谷… Ⅲ.①寓言—作品集—俄罗斯—近代 Ⅳ.①I512.74

中国版本图书馆 CIP 数据核字(2019)第 000134 号

责任编辑　李丹丹
装帧设计　李思安
责任印制　任　祎

出版发行　人民文学出版社
社　　址　北京市朝内大街 166 号
邮政编码　100705

印　　刷　三河市中晟雅豪印务有限公司
经　　销　全国新华书店等

字　　数　178 千字
开　　本　880 毫米×1230 毫米　1/32
印　　张　16.125　插页 3
印　　数　16001—19000
版　　次　2019 年 10 月北京第 1 版
印　　次　2023 年 2 月第 4 次印刷

书　　号　978-7-02-014789-2
定　　价　39.00 元

如有印装质量问题,请与本社图书销售中心调换。电话:010-65233595

智慧长者　笑看人生

——《克雷洛夫寓言全集》序言

俄罗斯故都圣彼得堡,涅瓦河畔,离冬宫不远有一座"夏园"。春夏季节,"夏园"里树木葱茏,鸟语花香,绿茵茵的草坪,一座座优美的白色大理石雕像,吸引着游人的目光。园林深处,浓郁的树荫下,有座带雕花护栏的纪念碑,纪念碑方形底座上雕刻着许多动物:凶猛的狮子、狡猾的狐狸、机灵的猴子、笨拙的狗熊、温驯的绵羊、活泼的松鼠、呆头呆脑的鹅、展翅欲飞的鹰……无论走兽还是飞禽,全都惟妙惟肖,栩栩如生。再往上看,底座上方端坐着一位长者,面容和蔼慈祥,手里拿着一本书,仿佛正要给听众讲故事。

这位智慧长者就是俄罗斯寓言大师克雷洛夫。据说,这座纪念碑是当年彼得堡市民自愿捐款修建的,他们是克雷洛夫寓言的忠实读者,《克雷洛夫寓言》是他们最为喜爱的读物,也是他们教育子女的必备教科书。一代又一代读者都爱读克雷洛夫老爷爷写的寓言故事。父母给自己的孩子讲,等孩子们长大当了父母,又讲给自己的孩子听,克雷洛夫寓言就这样一辈传一辈,世代流传。纪念碑前四季不断摆放着的一束束鲜花,说明这位作家至今活在人们的心中。

作为在南开大学讲授俄罗斯文学的教师,我非常喜爱俄罗斯

1

作家克雷洛夫和他的作品,1983年翻译出版了克雷洛夫寓言诗选集《驴子和夜莺》(黑龙江人民出版社)。当时依据的是苏联少年儿童出版社的版本,只选译了一百三十六首。1988年冬天,我有机会到列宁格勒大学语文系进修,1989春夏季节有幸游览夏园,瞻仰克雷洛夫纪念碑和作家雕像,当时我便萌生出一个念头:一定把这位俄罗斯作家的九卷集寓言全部译成中文。虽然有了意向,但意向变成现实却并不容易,弹指一挥间过了十几年,意向还是空想。2002年退休以后,才有了富裕时间,经过一番努力,终于译完了《克雷洛夫寓言》(九卷集)寓言诗,并对原来译过的作品,重新进行了校对修改。现在,我愿把自己的译本奉献给各位家长和广大的青少年读者。

一、自学成才、历经坎坷的作家

伊凡·安德烈耶维奇·克雷洛夫(1769—1844),出生于一个下级军官家庭,九岁时,父亲去世,家里生活陷于贫困。小小年纪,他就不得不在外省法院里当一个小公务员。世态炎凉,使天资聪颖的克雷洛夫异常早熟;生活艰苦,磨炼了他不屈的意志;环境龌龊,使他逐渐认清了官场黑暗和官吏的腐败;出身贫寒,使他接近并且了解平民百姓。童年的种种经历为他日后的创作提供了大量的生活素材。

克雷洛夫没有机会上学念书,他以顽强的毅力自学,阅读了大量文学作品,自修了法语、意大利语、数学、绘画、音乐,取得了可观的成绩;此外,他还致力于学习民间语言,经常去集市、游艺场所,挤在混杂的人群中,留心倾听平民百姓诙谐生动的对话,默记那些凝结着人民智慧的成语和谚语。由于坚持不懈刻苦努力,克雷洛夫在少年时代就获得了相当丰富的文化知识和社会知识,具备了多方面的艺术素养,年仅十四岁,就写出了第一部剧本《用咖啡渣占卜的女人》,初步展示了文学创作的才能。

此后,克雷洛夫迁居彼得堡,在国家税务署当一名小职员。他结识了一些名演员,连续创作了《疯狂的家庭》《前庭的作家》等剧本,对京城贵族的空虚无聊、腐化堕落,进行了俏皮的调侃、辛辣的嘲讽。二十岁的时候,克雷洛夫编辑出版了自己的杂志《精灵邮报》,借助"精灵通信"的形式,揭露贵族的荒淫与暴虐。在通信中,他赞扬西欧启蒙主义者伏尔泰、卢梭,推崇俄罗斯进步作家诺维科夫,公开主张社会平等,反对农奴制。这种启蒙主义的进步倾向招致了沙皇政府的压制。《精灵邮报》出版不到一年被迫停刊。克雷洛夫与朋友合资筹建了印刷所,又创办了《观察家》杂志。在这一杂志上发表了他的著名中篇讽刺小说《卡伊普》,无情地鞭挞了专制制度的残暴与虚伪。克雷洛夫再次遭到迫害。印刷所被搜查,杂志被封闭停刊,他本人受到传讯,处于警察的监视之下。此后不久,他被迫放弃文学活动,离开首都到外省漂泊,在一个贵族庄园里当家庭教师,整整十二年过着默默无闻的生活。

1806年,克雷洛夫三十七岁时重返彼得堡。同年,他翻译的两则寓言在《莫斯科观察家》杂志上发表,受到文学界和读者好评。以后他创作了喜剧《训女》和《摩登铺子》,讽刺了上流社会崇拜法国的狂热,上演后获得巨大成功,克雷洛夫由此声名大振。1809年,他的第一本寓言集出版,这本包括二十三篇寓言诗的小集子给他带来了全民性的声誉。从此,他停止了其他文学体裁的写作,专心致志走上了寓言作家的道路。1811年,克雷洛夫由于文学创作的成就而成为俄罗斯科学院通讯院士。他的寓言集不断增加篇幅,一次又一次再版,成了俄罗斯众多读者最爱读的书籍之一。克雷洛夫五十五岁那年,他的寓言集被译成法文和意大利文,这是最早被介绍到西欧的俄罗斯文学作品。1841年,克雷洛夫成为科学院正式院士。1843年经作家亲自编定的寓言九卷集出版。次年,这位享有盛名的寓言作家病逝于彼得堡。

二、俄罗斯现实主义讽刺寓言的创始人

克雷洛夫少年时代备尝艰辛,青年时代屡遭迫害,中年时期四处漂泊。坎坷的经历使他对俄罗斯社会有清醒深刻的认识。他早年的剧本、讽刺文章和小说,直率大胆地嘲讽了奴隶主贵族,抨击了黑暗腐朽的专制制度,虽然因此受到打击,却始终不肯在权贵面前低头。重返文坛之后,他依然忠实于自己的信念,正直无私,为民代言,关注重大的社会问题,保持着文笔的犀利锋芒。但是,年龄和阅历使他更加老练,为了提防统治阶级的迫害,他选择了寓言这一柔中带刚、以讽喻见长的文学体裁进行创作。

在克雷洛夫之前,俄罗斯有不少作家也写寓言,他们的作品偏重于道德说教,有的为阐明某一道理而编造情节,有的为显示才华而杜撰故事,总而言之,多数作品属于文人沙龙的小摆设。克雷洛夫突破了传统寓言的这个框子。他的作品,不仅有寓意深刻的道德题材,而且有反映现实生活的社会政治题材,甚至还创作了反映卫国战争重大历史事件的历史题材。在扩大寓言题材容量的同时,克雷洛夫大大增强了寓言的讽刺性。因为在他的心目中,寓言不是供人观赏消遣游戏笔墨的小玩意儿,而是匡正时弊针砭恶习的有力工具,他还把民间智慧融入寓言创作,使寓言更富哲理性,与平民百姓贴得更近。

克雷洛夫寓言揭露了农奴制社会的黑暗,讽刺了统治阶级的

昏庸。他不仅嘲讽奴隶主、贵族、权臣、法官,而且敢于嘲讽沙皇。《鱼跳舞》基于尼古拉一世巡访外省的事实,讽刺沙皇纵容贪官污吏鱼肉人民。《杂毛羊》依据彼得堡大学进步学生遭受迫害的事件,揭露了沙皇的凶残与虚伪。沙皇政府的书报审查官责令克雷洛夫修改前一篇寓言,后一篇则长期禁止发表。

《农民与河流》写出了官僚机构自下而上对农民层层进行盘剥压榨,官官相护,瓜分赃物,而可怜的农民却无处申诉。《大象当总督》活画出了官吏的昏聩,《鹅》嘲骂了贵族的傲慢,《狼和绵羊》戳穿了统治阶级立法的骗局,《农民与绵羊》勾勒出法官狡诈阴险的嘴脸,《狐狸与田鼠》讽刺了贪污盛行的腐败风气,《管蜂房的熊》揭露了监守自盗,《老鼠会议》描绘了上层人物官官相护的裙带关系。

《树叶和树根》深刻地反映着克雷洛夫的民主主义思想。他借助自我炫耀的树叶,揭露了奴隶主贵族的寄生性;通过树根的形象,说明劳动人民是社会赖以生存和发展的根本力量。树根枯萎,树木必将死亡,这一形象的比喻无疑是对统治阶级的严正警告。

克雷洛夫对统治阶级冷嘲热讽,对劳动人民则表现出由衷的同情和尊重。他了解俄罗斯人民的苦难,往往用绵羊的形象表现人民任人宰割的悲惨处境。绵羊不仅受到狮子、狼、狐狸的践踏蹂躏,连名义上保护它们的猎犬也欺凌它们。它们已经到了生命毫无保障,难以继续生存的地步。这正是农奴制社会中劳动人民受到层层压榨,处于水深火热之中凄惨命运的真实写照。

对于劳动人民的可贵品质,克雷洛夫则通过蜜蜂的形象予以赞颂。《鹰与蜜蜂》《蜜蜂和苍蝇》两则寓言,表现了劳动人民勤劳、智慧、大公无私和热爱祖国的感情。

写于1812年的《狼落犬舍》《乌鸦与母鸡》《猫与厨师》等几则

寓言,及时地反映了卫国战争的史实。克雷洛夫高度赞扬了俄国统帅库图佐夫的雄才大略和指挥才能,讽刺了沙皇在战略决策上举棋不定,揭露了贵族投敌叛国的可耻行径,嘲笑了拿破仑战败求和的狡猾奸诈。

克雷洛夫汲取人民的智慧和经验,写出了许多道德题材的寓言,讽刺了高傲自大、贪婪自私、懒惰愚昧、逢迎献媚、尔虞我诈、忘恩负义等种种不良习气和丑恶现象;歌颂了谦虚谨慎、公正耿直、吃苦耐劳、疾恶如仇等高贵品质。值得指出的是,克雷洛夫非常重视教育,提倡发展科学。《一只木桶》告诫天下的父母亲,管教子女要从幼年做起。《橡树下的猪》说明科学为人类创造了文明幸福,只有蠢人才一面享受科学成果,一面咒骂科学的进步。

克雷洛夫寓言取材于现实生活,着眼于改造社会,所以能引起广大读者的共鸣,能得到进步文学家、批评家的赞赏。果戈理曾经写道:"克雷洛夫笔下所有的野兽都是按俄罗斯方式思想、行动的,因为从它们的行动中可以看出俄罗斯国内所存在的种种情况和生活习俗。"确实,一部克雷洛夫寓言刻画了从沙皇到牧人,从高官到平民,人物形形色色;描绘了皇宫、官府、法庭,庄园以及农舍里的种种生活场景,真实而又生动地反映了十九世纪俄罗斯社会生活,成了现实主义讽刺文学的一部杰作。

三、善于继承、借鉴和创新的寓言大师

克雷洛夫具有渊博的学识和高度的艺术素养,他不仅是寓言作家,而且是诗人、编辑和剧作家。他喜欢绘画,他的画受到行家的赞赏;他爱好音乐,拉提琴可以与名手同台演出;他擅长朗诵,经常当众诵读自己的作品;他酷爱戏剧,曾经亲自扮演重要角色。他

不仅精通法语,意大利语,五十岁的时候又学会了古希腊语和英语,他能用原文阅读许多外国文学名著。他的寓言故事有相当一部分取材于伊索、菲尔德、拉封丹和莱辛的作品,经过他创造性的改编和加工,成了青出于蓝而胜于蓝的优秀篇章。

作为一名出色的编辑,克雷洛夫对社会生活十分敏感,善于发现重大的社会问题,及时收集寓言创作的素材。作为优秀的剧作家,他能够得心应手地构思戏剧情节,把生动的独白、对话、活泼多变的语调和手势,一一带到寓言中来。克雷洛夫又是一位语言大师,对于成语、谚语和俗语的运用达到了得心应手炉火纯青的地步。他的寓言诗采用了抑扬格自由诗体,每行的音步不拘定数,这种格律适于写人物的对话,表现迅速多变的矛盾、冲突,描绘丰富多彩的场景。克雷洛夫把写作诗歌、讽刺小说和剧本的经验,融会贯通地运用于寓言创作,所以他的寓言作品不仅在思想内容上超越了前人,而且在艺术形式上也达到了一个前所未有的高度。

克雷洛夫寓言的艺术特色大致可以归纳为形象的典型性,情节的戏剧性,叙事与说理的有机结合,以及语言的通俗、精练、生动、传神。克雷洛夫笔下的形象与传统寓言相比,描绘得更具体,更细腻,更有生活气息。他善于在事件的发展变化中刻画性格,善于进行细节描写,善于把握和运用个性化的人物语言,因而他所塑造的形象有血有肉,个性鲜明,多姿多彩,互不雷同。

《农民和羊》写农民控告无辜的羊偷了他的鸡,身为法官的狐狸按照法律程序装模作样地主持了审判,最后宣读了一篇绝妙的判决词。狐狸宣判时的神态,精心挑选的词句,旁敲侧击的口吻,故作公正的架势,把一个阴险毒辣,而又能言巧辩的赃官形象表现得入木三分,呼之欲出。

克雷洛夫笔下的狮子不仅霸道、伪善,而且愚蠢,外强中干。

熊,既笨拙鲁莽,又憨直热心。猪,除了粗俗愚昧,又有几分自负和蛮横。乌鸦和驴子同样傲慢,但前者出于无知,后者由于自命不凡。蛇和狐狸同样阴险,但一个善于变换脸谱,一个诡计多端。每个动物形象都融合着它的自然属性和人的社会属性,许多性格独特的动物,凑在一起,就构成了一幕幕精彩纷呈的戏剧。

克雷洛夫写作寓言很少平铺直叙,他善于抓住关键性的矛盾、冲突和焦点,让事件迅速地进入高潮,构思之巧妙,情节之生动,堪称一绝。《狐狸与田鼠》写一个因为贪污而被驱逐的狐狸,用花言巧语洗白自己,并无耻地吹嘘它如何因公忘私。田鼠听了回答说:"我常看到,你的尖嘴巴上粘着鸡毛。"这答话何等精警有力!一句话撕去了骗子的假面具,让读者情不自禁地拍手称快。

《商人》的情节有异曲同工之妙。布店老板把一块旧料子冒充英国货卖了一百卢布,得意扬扬地向侄子夸耀自己的手段。商人兴致勃勃,言犹未了,侄子突然说道:"叔叔哟,这桩买卖妙是妙,可我不知道究竟是谁上了圈套,仔细看吧,你手里是一张假票!"几句话把尔虞我诈、钩心斗角的社会现象突现了出来。

寓言是含有寓意的故事,叙事和说理是它的两个要素。克雷洛夫寓言,叙事生动有趣,说理深入浅出。作家常常把道德箴言部分,独立出来,有时开门见山,放在故事前面,有时引申归纳,放在故事之后,有时只写故事,真正的用意由出场角色口中点明,也有的时候,让读者自己去咀嚼体会。克雷洛夫寓言的道德训诫部分是从故事中自然引出的道理,是故事的有机组成部分,因而没有空泛说教的弊病。他的故事,因为有了画龙点睛的道德箴言而越发深刻动人。他的叙事和说理融成了不可分割的整体。克雷洛夫的道德箴言十分精辟,闪烁着哲理的光辉,很多警句变成了成语,在俄罗斯人民中间广泛流传。

克雷洛夫或叙事,或说理,或写人,或写景,都能随心所欲,挥洒自如,除去他善于观察,思路明晰的特长之外,主要归功于他驾驭语言的能力。果戈理对此有过透彻的分析:"任何东西他都写得那样好,从迷人的,严峻的,甚至肮脏的大自然的描写,到对话中最细微的,能够生动表达出心理状态的特点,所有一切都写得那样准确,那样真实,每样事物都写得那样自然,简直无法断定那是克雷洛夫的笔触。"

克雷洛夫创作态度严肃,对作品总是反复修改,有时一篇寓言竟七易其稿。他对别人说过:"寓言这东西人人都懂,仆人们能读,孩子们也能读。"可见通俗易懂是他力求达到的一个创作标准。在十九世纪初期的俄罗斯文坛上,为帝王将相歌功颂德的古典主义流派仍居于统治地位,而克雷洛夫的目光却关注普通平民和孩子,能够以明白晓畅的民间语言写诗,充分说明了他敢于突破传统束缚,勇于创新的胆识和魄力。

克雷洛夫一生走过了七十五个年头。作家前半生写过剧本、讽刺作品和抒情诗,后半生写了二百多篇寓言。他以现实主义的讽刺笔法,完美的艺术形式,生动幽默的语言,曲折而真实地反映了社会生活,表现了人民的思想感情和机智幽默的天性,在俄罗斯文学史上开创了现实主义文学的先河,产生了深远的影响。俄罗斯民族大诗人普希金推崇克雷洛夫是"俄罗斯最富有人民性的诗人"。别林斯基则指出,克雷洛夫"创造了俄罗斯民族的寓言,并因此而第一个将人民性的成分带进了俄罗斯文学"。这位批评家还说过:"人民了解和热爱克雷洛夫,因为克雷洛夫了解和热爱人民。"一个多世纪以来,克雷洛夫寓言不仅在俄罗斯广为流传,而且拥有七十多种外文译本,成了世界人民喜爱的,与伊索和拉封丹齐名的寓言大师。列宁也喜爱克雷洛夫寓言,在他的著作中曾多次引用克雷洛夫寓言的形象和警句。

四、精益求精,译出原作的风格神韵

真正的艺术作品,具有不朽的艺术生命力,既能超越时空的局限,又能跨越民族疆界和语言的障碍。在我们中国,已经有了《克雷洛夫寓言》的几个译本,拥有众多的读者。经过多年的努力,我愿意依据自己的理解,为读者提供一个新的译本。我力求接近原作的神韵与风格,力求文字简练、准确、流畅,读起来朗朗上口,同时不失风趣和幽默。别林斯基曾经说过,克雷洛夫寓言是"不可译的"。这个"不可译性"表现在成语、谚语难以用另一种语言准确表达,而诗歌韵律的音乐美也很难用另一种语言移植再现。译诗,如果思想内容和风格忠于原作,又能恰到好处地模仿原诗的形式,那是上乘译作。译者力求一个"信"字,力求内容准确的同时,尽力再现原作的形式与音乐性。有些诗一韵到底,有些诗中间换韵,换韵顾及情节。克雷洛夫曾译过法国作家拉封丹的一些寓言,形式上相当重视民族化,有些作品已变成了道地的俄罗斯作品。有鉴于此,我在翻译时注意尽力保持原作的韵味,同时顾及中国读者的审美趣味和欣赏习惯。

我们的老系主任,著名翻译家李霁野先生曾经对我说过:"翻译难,译诗更难。你应该反复琢磨,精益求精。译一本书,既要对得起读者,更要对得起作者。"几十年来,我一直把老先生的教诲铭记在心。翻译这本书,我还得到臧传真先生、陈云路老师的热心指教和帮助。田国彬先生和蔡贤伟先生为这本书的出版给予大力支持和帮助。对这些前辈师长和朋友,我表示衷心的谢意。

卷外补遗中最后五首寓言诗是李方仲先生提供的俄语原作。

李先生曾两次在我国驻俄罗斯使馆工作,熟悉俄罗斯文学,收集了一些珍贵的资料,承蒙他的关爱与帮助,使得这本《克雷洛夫寓言全集》增添了新的内容。我在此向李方仲先生致以衷心的感谢。书后附有音序目录,查阅作品更加方便。书中的插图选自俄罗斯的中学课本,这些地道的俄罗斯风格的插图,想必有助于读者提高阅读兴趣。我知道自己的外语和中文水平有限,虽然译文经过多次校阅和反复修改,恐怕仍存在不妥乃至错讹之处,恳切地期待专家和读者给予批评。

谷　羽
2003年3月3日
于南开大学龙兴里

目 录

卷 一

乌鸦和狐狸 — 3

橡树与芦苇 — 6

歌手 — 8

乌鸦和母鸡 — 10

小匣子 — 12

青蛙和黄牛 — 14

挑剔的小姐 — 17

帕尔纳斯山 — 20

神像 — 22

矢车菊 — 24

树林与火焰 — 27

黄雀与刺猬 — 30

狼和小羊 — 32

猴子 — 35

山雀 — 37

驴子 — 39

猴子和眼镜 — 42

两只鸽子 — 44

金币 — 49

讨三个老婆的人 — 51

不信神的人 — 53

鹰与鸡 — 55

卷 二

群蛙求王 — 61

狮子与雪豹 — 65

长官和哲人 — 67

野兽遭遇瘟疫 — 68

狗的友谊 — 72

分利钱 — 75

一只木桶 — 78

狼落犬舍 — 80

小溪 — 82

狐狸和田鼠 — 84

行人与狗 — 86

蜻蜓和蚂蚁 — 88

说谎的人 — 90

鹰与蜜蜂 — 93

兔子打猎 — 95

梭鱼和猫 — 97

狼和杜鹃 — 99

公鸡与珍珠 — 101

农民和雇工 — 103

车队 — 105

小乌鸦 — 107

大象当总督 — 109

驴子和夜莺 — 111

卷 三

包税商与鞋匠 — 117

倒霉的农夫 — 121

主人和老鼠 — 124

大象和哈巴狗 — 126

狼和狼崽 — 129

猴子 — 131

布袋 — 133

猫与厨师 — 136

狮子和蚊子 — 138

种菜人和学究 — 141

农夫与狐狸 — 144

狮子的培育 — 146

长者和三个年轻人 — 150

小树 — 153

鹅 — 155

猪 — 157

苍蝇和旅客 — 159

鹰与蜘蛛 — 161

母鹿和托钵僧 — 164

狗 — 166

鹰与田鼠 — 168

卷 四

四重奏 — 173

树叶和树根 — 176

狼和狐狸 — 178

风筝 — 180

天鹅、梭鱼和青虾 — 182

椋鸟 — 184

池塘与河流 — 186

特里什卡的长衫 — 189

机械师 — 191

大火与钻石 — 193

隐士和熊 — 195

花 — 198

农夫与蛇 — 200

农夫和强盗 — 202

好奇的人 — 203

狮子打猎 — 204

马与骑手 — 206

农民与河流 — 208

好心的狐狸 — 210

野兽聚会 — 213

卷　五

杰米扬的鱼汤 — 217

小耗子和大老鼠 — 219

黄雀与白鸽 — 220

潜水采珍珠的人 — 221

女主人和两个女仆 — 226

石头和小虫 — 229

管蜂房的熊 — 231

镜子与猴子 — 233

蚊子与牧人 — 236

农夫与死神 — 237

骑士 — 239

影子和人 — 241

农夫与板斧 — 242

狮子和狼 — 244

狗、人、猫、鹰 — 245

痛风病与蜘蛛 — 247

狮子和狐狸 — 251

葛藤 — 252

大象受宠 — 254

乌云 — 256

诽谤者和蛇 — 257

命运女神与乞丐 — 259

蛤蟆和朱庇特 — 262

狐狸建筑师 — 264

诬陷 — 266

命运女神来做客 — 268

卷 六

狼与牧人 — 271

杜鹃与斑鸠 — 272

梳子 — 274

财迷与母鸡 — 276

两只木桶 — 278

阿尔喀得斯 — 280

阿佩莱斯和驴驹 — 282

猎人 — 284

顽童与蛇 — 286

水手与大海 — 287

驴子与农夫 — 289

狼与白鹤 — 292

蜜蜂与苍蝇 — 295

蚂蚁 — 297

牧人与大海 — 300

农民与蛇 — 303

狐狸和葡萄 — 304

绵羊与猎犬 — 305

落网的熊 — 306

麦穗 — 308

男孩儿与蛀虫 — 310

送葬 — 313

勤劳的熊 — 315

作家与盗贼 — 316

小羊 — 320

卷 七

老鼠会议 — 325

磨坊主 — 328

鹅卵石与钻石 — 330

浪荡公子和燕子 — 332

石斑鱼 — 334

农夫和蛇 — 338

橡树下的猪 — 341

蜘蛛和蜜蜂 — 344

狐狸和驴子 — 346

苍蝇和蜜蜂 — 348

蛇与绵羊 — 350

铁锅与瓦罐 — 352

野山羊 — 354

夜莺 — 356

一把扫帚 — 358

农民和绵羊 — 359

守财奴 — 362

富翁与诗人 — 365

狼和小耗子 — 367

两个乡巴佬 — 369

小猫与椋鸟 — 371

两只狗 — 374

猫与夜莺 — 376

鱼跳舞 — 378

外区来的教民 — 380

乌鸦 — 382

杂毛羊 — 384

卷 八

老朽的狮子 — 389

狮子、羚羊和狐狸 — 391

农夫与马 — 393

松鼠 — 395

梭鱼 — 397

杜鹃和鹰 — 400

剃刀 — 402

雄鹰与爬虫 — 404

穷汉发财 — 405

战刀 — 409

商人 — 411

炮与帆 — 413

驴子 — 415

米隆 — 417

农夫与狐狸 — 419

狗与马 — 420

猫头鹰和驴子 — 422

蛇 — 424

狼和猫 — 426

鳊鱼 — 428

瀑布与小溪 — 429

狮子 — 430

三个乡下人 — 433

卷 九

牧人 — 437

松鼠 — 439

老鼠 — 441

狐狸 — 443

狼与羊 — 445

农民和狗 — 447

两个男孩 — 449

匪徒与赶车人 — 451

狮子和老鼠 — 453

杜鹃和公鸡 — 456

大官 — 459

卷外补遗

怕丢面子的赌徒 — 463

赌徒的遭遇 — 465

孔雀与夜莺 — 466

狮子和人 — 468

宴会 — 471

烛台与蜡烛头 — 473

两个马车夫 — 475

蜘蛛和雷 — 477

驴子和兔子 — 478

蚊子和狼 — 479

卷 一

乌鸦和狐狸

阿谀奉承可耻而有害,
这种告诫不下千百遍;
然而一切劝说都没用,
谄媚的人总有空子钻。

上帝赏给了乌鸦一片奶酪,
乌鸦落在枞树上边,
嘴里叼着奶酪沉思了片刻,
眼看要享用这份早餐。
偏巧附近跑过一只狐狸,
闻到了香味儿左瞧右看,
看见奶酪,十分眼馋。
这小滑头踮起脚尖走近枞树,
眼盯着乌鸦,尾巴摇得直转,
屏住呼吸,说话声音赛蜜甜:
"亲爱的,你真好看!
脖颈美丽,眼睛漂亮!
说真的,你简直美如天仙!
多俊的羽毛,多俏的嘴巴!

你的歌声想必也奇妙非凡。
唱支歌儿吧,宝贝儿!
别害羞,小妹妹,天生这么美,
再是个唱歌的能手,瞧吧,
准能戴上鸟中女王的桂冠!"
乌鸦被吹捧得头昏脑涨,
喘不过气来心里好喜欢。
为了报答狐狸的一番夸奖,
它以特有的嗓门儿大声叫唤:
"哇!"——
奶酪脱口掉了下去,
滑头的狐狸叼起奶酪,
跑起路来一溜烟。

乌鸦和狐狸

橡树与芦苇

有一天橡树和芦苇交谈。
橡树说:"你真有理由怨天怨地——
落一只麻雀,你都觉得沉重;
微风吹来,水面皱起层层涟漪,
你就摇摇晃晃颤抖不已,
弯腰躬背孤苦伶仃,
让人看了就可怜你。
再看我,像高加索山一样雄伟豪迈,
不仅能挡住太阳的光芒,
还敢嘲笑暴风骤雨,
我巍然屹立,坚定而刚强。
有我守卫,四周的世界坚不可摧。
你惧怕的风暴,在我看只是微风送爽。
假如你能在我的庇护下生长,
我能帮助你躲避风雨成为可靠的屏障。
可惜你命中注定长在河岸,
那是暴躁的风神统治的地方,
命运之神从不把你的安危放在心上。"
芦苇听了回答说:"你很仁慈,

但不必多虑,我并不那么晦气。
我惧怕风暴不是担心自己,
风雨中弯腰低头,可我不会折断,
因此不会有太大的损失;
暴风雨对你的威胁反倒值得忧虑!
不错,雨暴风狂——
至今未能动摇你的根基,
风暴袭来的时刻,你从不低头,
但我们想看看最后的结局!"
芦苇这段话刚刚说完,
突然,暴风从北方呼啸而来,
夹带着冰雹骤雨雷电霹雳。
橡树抗争着——芦苇匍匐在地。
飓风咆哮,凝聚起千钧之力,
把顶天立地的橡树连根拔起。

歌　手

有一家主人请街坊吃饭，
可是心眼儿里却另有打算：
他呀，是个歌迷，
想叫邻居欣赏他的歌手表演。
小伙子们唱起歌来：
你声音低，他调门儿尖，
第三个扯着嗓子喊。
客人的耳朵嗡嗡响，
顿时头晕眩。
吃惊的客人开口说：
"我的天！
让人欣赏哪一点？
你的这支合唱队，
声音嘈杂真混乱！"
主人忙回答，口气颇自满：
"你的话不错，
他们唱得有缺点；
但是歌手们个个不喝酒，

品行端庄是模范。"

依我看,吃酒也无妨,
但该懂本行。

乌鸦和母鸡

斯摩棱斯基公爵①
以神机妙算应付敌人的疯狂,
为新式野蛮人布下天罗地网,
放弃莫斯科加速敌人灭亡。
莫斯科市民不分男女老幼,
一刻不敢怠慢连忙收拾行装,
瞧他们慌慌张张跑出城来,
俨然像一群蜜蜂涌出蜂房。
楼顶上的乌鸦,
望着这慌乱景象,
用嘴巴梳理着翅膀十分安详。
一只母鸡从车上向它叫嚷:
"亲家,你到底走不走呀?
听说我们的仇敌已近在身旁。"
乌鸦慢条斯理地回答母鸡:
"这跟我有什么关系!
我有胆量留在这个地方。

---

① 斯摩棱斯基公爵指代俄国1812年卫国战争的统帅库图佐夫(1745—1813)。

你们这些草鸡想逃就逃吧,
反正人家不会拿乌鸦做菜烧汤。
我跟客人一定和睦相处,
说不定有机会还能沾一点光,
弄点奶酪或骨头渣儿尝一尝。
再见吧,小草鸡,
祝你们一路平安远往他乡。"
这乌鸦果真留了下来,
不过,沾光的念头成了梦想。
当斯摩棱斯基公爵
以饥饿严惩敌寇的时候,
乌鸦倒真被敌寇抓住做了菜汤。

人们如意谋算也像这样盲目,
自以为亦步亦趋追随着幸福,
到头来看看结果却事与愿违,
正好比汤里的乌鸦在火上煮。

小 匣 子

有些事很简单,
看一眼就会干,
可是我们常常发现:
就为这些小事,
耗费了许多精力和时间。
工匠送给某人一个匣子,
匣子光彩耀目装潢美丽;
人们对它都很赞赏,
这时来了一位聪明的技师。
瞧瞧匣子,技师说道:
"匣子没安锁,一定有机密,
我来弄开它,大概很容易。
诸位请不要暗自发笑,
找到机密,给你们打开匣子,
对于力学常识敝人略知一二。"
技师开始摆弄小匣子,
擎在手上左右转动瞅个仔细,
捺捺把手,摸摸铜钉,
皱着眉头,用心考虑。

有些人看着他摇头晃脑,
有些人偷偷发笑窃窃私语。
耳朵里只听见喊喊喳喳:
"不在这儿!
不是这样;不在那里!"
技师越来越焦急,
汗流浃背想不出好主意,
到末了自己泄了气,
猜不透怎样打开匣子这个谜。
其实打开这匣子轻而易举。

青蛙和黄牛

看见草地上一头黄牛,
青蛙心里分外嫉妒,
它想跟黄牛比比谁高谁胖,
就挺肚子鼓腮气喘呼呼。
"你看看,蛤蟆,
我跟它是不是一样高大?"
蛤蟆回答:
"不!差得远哪,亲家!"
"瞧!我现在肚皮又圆又胀,
像不像?我是不是显得更胖?"
"好像……好像没什么两样。"
"喏,现在呢?"
"还是不像。"
呼哧呼哧喘气,喘气,
幻想家胀破了肚皮,
噗的一声———一命呜呼,
青蛙再不跟黄牛相比。

世上不乏类似事例:

青蛙和黄牛

市侩想当名扬四海的公民，
庸人梦想显赫贵族的权力，
这一切都不足为奇。

挑剔的小姐

一位该做新娘的小姐想挑选新郎；
这件事本来无可指责，
可笑的是这位小姐高傲又矫情，
她要选的新郎相貌出众还得聪明，
要有勋章、有名望，还要年轻，
（美人儿的脾气有点儿乖僻）——
尽善尽美，谁还有资格做她的丈夫？
可除了这些条件她还提出，
新郎必须爱她，还不能嫉妒吃醋。
说来稀奇，这小姐非常幸运，
求婚的人络绎不绝，像应试赶考，
名门望族的子弟纷纷前来登门。
选婿的小姐眼光挑剔心思细密：
别的姑娘觉得这些人都是百里挑一，
但是在这位小姐眼里，
求婚的人不合格，都有残疾！
哼，怎能从这些人当中挑选新郎官？
这个没有勋章，那个没有官衔；
另一个虽是官员却口袋空空没有钱；

这个眉毛太重,那个鼻翼太宽,
不是这不如意,就是那不顺眼;
挑来选去没有一个人合乎她的心愿。
求婚的人渐渐减少,就这样过了两年,
另一些人家派来了媒人,
提亲的已属于中等人品。
傲慢的美人儿说道:"多么愚蠢!
难道我能嫁给这种人?
他们简直是想入非非!
出身名门的崇拜者我都不稀罕,
莫非要我嫁给一个怪物或者笨蛋?
就好像我心急火燎急于嫁人,
其实做姑娘的生活一点也不烦闷,
白天快乐,夜晚我睡得安安稳稳;
因此我不会匆忙出嫁离开家门。"
这一批追求者随风飘散。
后来提亲的人遭到拒绝一如从前。
求婚的人日渐稀少,
又一年转眼消失,
求婚的一个也不见。
一年过去,又过了整整十二个月,
再没有一个媒人来提亲事。
傲慢的小姐终于变成了老处女。
她开始数算自己的女伴
(她很清闲,有的是数算的时间):
有的早已出嫁,有的已经定亲,

唯独她似乎成了被忘却的人。
于是忧愁悄悄潜入了美人儿的心。
你瞧,明镜提醒美人儿,
无情的光阴,
每天都窃取她的姿色
让她的容颜受损:
双腮失去红润,没了活泼眼神,
面颊上迷人的酒窝已消失不见,
似乎丢失了往日的欢快与机敏,
鬓角上还钻出了白头发两三根:
四面八方都是苦闷!
想从前,没有她晚会显得平淡;
多少倾慕者紧紧围绕在她的身边!
到如今,唉,只有打牌时,
人家才把她呼唤。
骄矜的小姐说话口吻有了改变。
理智提醒她到了赶快嫁人的时间:
从此她再也不敢那么傲慢。
尽管她对男人仍侧目而视,
但在内心深处已给予肯定。
为避免一辈子孤孤单单,
趁自己的姿色尚未完全凋零,
等到终于有一个人上门求婚,
这位小姐就满口答应:
她嫁给了一个残废,
但满心喜欢,格外高兴。

帕尔纳斯山

当众神统统被赶出希腊,
神的宅邸开始平分还俗,
有个人分到了帕尔纳斯山,
这位新主人就在山上放驴。
不晓得驴从哪里得知,
这座山上原来住过缪斯,
它们七嘴八舌说道:"有理!
我们被送到帕尔纳斯山上,
必定是世人听腻了缪斯,
叫我们在山顶唱唱歌曲。"
一头驴子高叫:
"注意!注意!
咱们大伙儿谁也不许泄气!
我来领头儿,你们跟着齐唱。
朋友们,心慌胆怯大可不必!
放声赞颂我们的驴群吧!
奏起乐来,合唱应当有力,
调门儿要盖过那九位神女!
为防止扰乱我们的团体,

咱们先立下一条规矩：
谁声音不如驴子嗓门悦耳，
不准他进入帕尔纳斯山区！"
这驴子五吹六拉一通胡诌，
竟赢得众驴子一片赞誉。
新建合唱团的诸位歌手，
于是狂吼乱叫吵闹不息，
吱吱呀呀仿佛一列车队，
转动上千个不加油的轮子。
这绝妙的演唱如何了局？
主人忍无可忍挥起了鞭子，
把驴子轰下了帕尔纳斯山——
统统关进一个驴圈里。

我无意惹得蠢人们怒气冲冲，
只想用古老箴言把人们提醒：
如果一个人头脑空空，
职位绝不会使他聪明。

神　像

庙里有一尊木雕的神，
能预卜未来解答问询，
能把明智的劝诫告诉世人。
因为他的晓谕向来灵验，
所以从头到脚披挂金银，
装束华美，面前摆满供品，
香烟缭绕使人呼吸困难，
震耳欲聋是祈祷的声音，
人们对神像无不虔敬迷信。
说来奇怪，实在丢脸；
神像忽然间胡说八道，
言语颠三倒四荒谬绝伦。
无论信徒向他祈求什么，
他一张口必定撒谎骗人。
未卜先知的才能哪里去了？
人们不由得心头纳闷。
原来这泥胎腹内空空，
是祭司坐在里面解答询问。
如果里面是个聪明祭司，

神像说话就相当灵验；
如果里面坐了个笨蛋，
神像就变得蠢上加蠢。

是真是假我可不敢断言，
据说古代有类似的法官，
他们往往显得绝顶聪明，
如果私人秘书机灵干练。

矢 车 菊

矢车菊盛开在荒野,
忽然纷纷凋谢,
几乎半数花朵已经枯黄,
头颅低垂贴着根茎,
沮丧地等待它的死亡。
矢车菊向西风轻轻诉说:
"唉,如果天气快快晴朗,
这里的原野又洒满阳光,
也许,我还能够复活,
红太阳照耀我重新开放。"
一只甲虫在附近挖洞,
它对矢车菊说道:
"我的朋友,你真是呆头呆脑!
太阳怎么会单单为你操心,
看你怎么样生长,
看你是凋谢还是开放?
相信我吧,它没有这种工夫,
也没有这种愿望。
假如你能够像我一样飞翔,

你就会了解这个世界,
你将会看到
这里的草地、田野和庄稼,
万物的生存与繁茂全靠太阳!
温暖的阳光
让高大的橡树和雪松茁壮成长,
还让花朵艳丽出奇、馥郁芬芳;
只不过你和那些花朵
没有任何相似的地方,
它们华美而高贵,
你呢,不美也不香,
何苦要死乞白赖地纠缠太阳!
我断定,它不会为你放射光芒,
快不要空话连篇胡思乱想,
住嘴吧,
枯萎才是你的下场!"
然而太阳升起来了,
大自然又焕发出一派生机,
阳光洒向花草滋生的大地,
起死回生的就有那一棵——
夜晚憔悴的矢车菊。

啊,受到命运恩宠的人们,
你们身居要职地位显赫,
应该把太阳视为自己的榜样!
你们看吧:

只要阳光照射的地方,
无论小草,还是雪松,
都能得到欢乐,感受太阳的慈祥;
太阳的光辉温暖所有的心灵,
东方宝石纯洁的光芒,
因而受到万物的颂扬。

树林与火焰

结交朋友必须慎重。
有时候私利伪装成友情——
那就是一个陷阱。
现在我来讲一则寓言,
以便让真理更加显明。

冬天,小树林边有一堆火;
显然,它是过路人点燃又把它忘却。
过了一个又一个小时,火苗越来越弱,
没有新的柴火,它眼看就要熄灭。
苟延残喘的火对小树林说:
"告诉我,亲爱的树林,
你的命运怎么这样悲凄!
你身上看不见一片叶子,
赤身露体岂不冻坏了你?"
小树林对火说道:
"我不能发青吐绿枝叶繁茂,
因为冬天的积雪把我笼罩。"
"没关系!"火对小树林说,

"只要你跟我结交,我就帮助你。
作为太阳的兄弟,我不亚于它,
即便冬天也能创造出不少奇迹。
你不妨去温室打听打听,
当暴风雪肆虐的冬季,
那里依然鲜花盛开、果实累累:
所有的花木都对我表示感激!
赞美自己有失体面,
我可不想自我吹嘘,
太阳雄伟,我有相似的威力!
不管太阳怎样高傲地闪耀,
冰雪毫无损伤依然笼罩大地。
你再看我的四周,
积雪融化成了水滴,
如果你想枝叶繁茂一派翠绿,
让寒冬变成春夏两季,
那就请在你的身边,
给我一小片落脚之地!"
协商妥当:火苗进了树林,
火焰变成大火,熊熊燃烧不息:
烈焰奔腾,烧了树枝树干,
滚滚的黑烟高与云齐,
凶猛的大火吞噬了整座树林,
一切都毁了——
夏天行人歇凉的地方,

只剩下烧焦的树桩诉说悲戚。
此事不足为奇:
这就是树林与火焰交友的结局!

黄雀与刺猬

胆怯的黄雀,
喜欢独自隐居,
黎明时悄悄地哼唱歌曲,
从来不想受到别人称赞,
它唱得随心所欲!
忽然,
大海上升起了辉煌的太阳,
极其荣耀,光焰万丈!
似乎是太阳神福玻斯
给万物带来生机,照耀它们生长。
为了迎接这位神明,
茂密的森林响起了夜莺的合唱。
我的黄雀已沉默不语。
"朋友,怎么啦?
你为什么不再唱歌?"
刺猬问黄雀,口吻含着刺激,
"因为我的歌声
不配赞颂福玻斯的伟大,
我不敢用微弱的声音歌颂太阳。"

可怜的黄雀含泪回答。

我同样忧伤与惋惜,
命运没有赋予我品达①的才华,
不然我也会颂扬亚历山大②!

---

① 品达(约公元前518—约前438),古希腊抒情诗人,一译品达罗斯,擅长写赞歌与颂歌。
② 亚历山大,指俄国沙皇亚历山大一世(1777—1825)。1814年卫国战争结束,沙皇亚历山大从巴黎凯旋,许多诗人写诗赞美沙皇,为他歌功颂德,克雷洛夫不愿跟御用文人为伍,便写了这篇寓言。

狼 和 小 羊

在强者面前有罪的总是弱者,
历史上此类先例不胜其多;
可如今我们并非在书写历史,
且请听一则寓言如何述说。

小羊羔热天去溪边喝水。
也是命中注定有飞来之灾,
有只饿狼在附近徘徊,
发现小羊,它猛扑过来。
但为了寻找借口装装样子,
狼厉声喝道:
"好大的胆子!
你的臭嘴敢弄浑我的饮水,
搅和得满是沙子满是污泥!
就冲你这么放肆无礼
我就该马上宰了你!"
"尊贵的狼大人请您恕罪,
斗胆奉告我是在下游喝水,
我离大人您足有一百步远,

狼和小羊

无论如何弄不脏您的饮水。
我可不敢冒犯大人的声威"
"那么说是我在撒谎?
你个孬种,实在猖狂!
记得吗? 还是前年夏天,
你在这儿对我大肆诽谤。
伙计,这桩事我可一直没忘!"
"我还不满周岁哪!"小羊说。
狼叫道:"那骂我的是你大哥!"
小羊分辩说:"我没有兄长。"
狼吼道:"那准是你的爹娘!
一句话,你们的牧人、猎犬,
加上你们大大小小全体绵羊,
一个个巴不得我倒霉遭殃,
瞅空子不把我揍死也要打伤,
这种种罪责,得跟你算账!"
"哎呀呀! 我有什么罪?"
"住嘴! 小崽子,说也白费!
我哪有工夫数你的罪!
你的罪状现摆着一条,
因为你适合我的口味!"
刚落话音,狼把小羊拖进了丛林。

猴　子

要想从仿效中获取利益，
必须动脑筋好好思考，
而不动脑子的模仿，
上帝做证，实在糟糕！
我举的例子来自遥远的地方，
见过猴子的人想必都知道，
猴子的习性特别喜欢模仿。
在非洲，有很多猴子，
其中的一群蹲在树上，
有的抓着树枝，有的攀着树干，
透过茂密的枝叶偷偷张望，
只见草地上翻跟头的猎人——
身上裹着网。
雌猴悄悄推一推她的同伴，
相互之间小声说：
"你们看，那条好汉，
连续不断的玩意儿有多新鲜：
一会儿翻跟头，
一会儿挺直腰板，

一会儿浑身缩成一团,
手脚全都看不见。
姐妹们,
我们并非百事通,
像这种把戏就是初次发现!
能学会这套玩意儿倒不赖。
看样子他已经玩了个够,
咱们马上下去,等他一走……"
猎人走了,却把网留给了猴。
猴子们说:
"干吗再浪费时间?
咱们快去试试看!"
猴子们一个个从树上下来。
为了迎接这些贵客,
地上准备的罗网很多。
它们在网里翻跟头、打滚儿,
把网裹在身上用力拉扯,
又喊又叫——极其快活!
等它们想挣脱罗网,
糟糕!
这是灭顶之灾!
窥伺的猎人见时机已到,
拿着袋子朝客人走来。
猴子们想逃跑,
可一个也没有逃脱:
它们全都被装进了麻袋。

山　雀

一只山雀飞向大海，
夸口说能把大海烧开。
这消息霎时传遍四方
海底的居民感到震骇。
飞鸟成群结队，野兽冲出森林，
纷纷来看大海怎么样陷入火灾。
据说听了这街谈巷议，
垂涎酒席的好事之徒
渴望喝一顿丰盛的鱼汤，
揣着汤勺儿跑向海岸挤到前排；
即令最慷慨的富豪，
款待亲朋好友也不曾如此气派！
人群摩肩接踵，猎奇先睹为快，
个个望眼欲穿，默默注视大海，
偶尔有人低语，语气急不可待：
"瞧，快开啦！
海水马上会烧起来！"
大概不在这里：海面不见火光。
海水能否沸腾？不见波涛澎湃。

异想天开的闹剧怎样收场？
飞回老巢的山雀羞得头不敢抬。
山雀的大名虽轰动一时，
但它毕竟不能点燃大海。

本不想触犯任何人，
我还是要奉劝一句：
事情不能做到底，
切勿匆忙去吹嘘。

驴 子

当朱庇特①
创造了各种生灵,
使它们遍布世界各地,
那时候世上就有了驴。
但不知是天神有意为之,
还是过于忙碌,
或因时间紧迫一时疏忽:
当时造的驴子很小,
就像一只松鼠。
几乎所有的动物都看不起驴,
可驴子傲慢,对谁也不服。
驴子想炫耀,但炫耀什么?
身材这么小,
出头露面都觉得耻辱。
自负的驴子去见朱庇特,
苦苦请求变成个庞然大物。
"饶了我吧,"它说,

---

① 朱庇特,古罗马神话中的众神之神,相当于古希腊神话中的宙斯。

"像这副样子我怎么过活?
处处赞扬狮子、雪豹和大象,
大大小小的动物,
口口声声总把它们颂扬;
你为什么对驴子这么残酷?
驴没有任何声望,
从来听不到一句夸奖!
如果我的身体像牛犊一样,
我会横扫狮子与雪豹的张狂,
让整个动物世界
都把我驴子传扬!"
我们的驴子
天天向朱庇特纠缠,
终于让众神之王感到厌烦,
他答应满足驴子的心愿。
从此驴子变成了硕大的畜生,
此外,它还获得了粗野的嗓音,
于是这位长耳朵大力士,
震撼了整个大森林。
"这是什么野兽?哪里来的?
想必牙齿尖利?犄角一定很多?"
野兽们议论纷纷,
都在把驴子传说。
最后的结局如何?没过一年,
谁都知道了驴子是什么东西:
它只会驮着水囊去运水,

而驴子的愚蠢已变成了谚语。

门第与官职显赫值得庆幸；
但如果心灵猥琐——
门第与官职又有何用？

猴子和眼镜

猴子上了年纪,眼神变得不济,
可是它听到过人们的只言片语:
只要弄到一副眼镜,
视力衰退就无须忧虑。
猴子买来半打眼镜,
擎在手上左摆右弄,
一会儿挂在尾巴上,
一会儿顶在头顶,
一会儿闻闻,一会儿舔舔,
颠来倒去,眼镜却不起作用。
"呸!该死!"
猴子破口大骂,
"只有傻瓜才信人们的谎话!
人们谈论眼镜存心把我欺骗,
说眼镜有用处,纯粹是扯淡!"
猴子的懊丧难以言传,
把眼镜冲着石头猛力一掼,
镜片碎了——
星散的碎屑闪着光斑。

不幸,人也往往如此:
东西再好,不懂它的价值,
无知的蠢材总爱吹毛求疵。
如果这蠢人一旦有了权势,
就连宝贝他也敢抛弃。

两 只 鸽 子

从前有两只鸽子亲如兄弟,
谁也离不开谁,吃喝在一起;
如影随形相守相伴,
它们分享欢乐共担悲戚。
它们觉察不到光阴飞逝,
偶尔忧愁,但从不孤寂。
是啊,谁会无缘无故飞向远方
与伴侣或朋友分离?
不料,有一只鸽子想去遨游——
欲飞行万里,
亲眼看看大地的神奇,
去验证真实与传闻,
去辨别谎言与真理。
另一只鸽子含着泪水问道:
"你要飞到哪里去?
周游世界有什么好?
莫非你想和朋友分道扬镳?
你真是没有良心!
即便你对我并不依恋,

你该想一想那些猛禽、罗网,
想一想可怕的霹雳闪电,
旅途当中充满了凶险!
哪怕等到春天再飞向远方,
到那时我也就不再阻拦。
现在可吃的东西实在太少,
再说,你听,乌鸦在叫,
要知道,这可预示着灾难!
留在家里吧,好朋友!
最开心的是我们俩做伴!
我不明白,为什么你想飞走;
没有你,我会非常孤单。
做梦我也会梦见罗网,
梦见鹞鹰和雷鸣闪电;
只要头顶上出现乌云,
我就会担心你的安全。
我会说:啊!我的兄弟在哪里?
它身体可好?能不能吃饱?
怎么样躲避风雨连绵?"
这一番话让另一只鸽子感动,
它既可怜兄弟,又很想飞行:
强烈的欲望妨碍了它的判断。
"别哭,兄弟!"
它安慰伙伴。
"我和你顶多离别三天。
我将一面飞行一路观看,

等我看过了世上奇观,
我就会返回来依在你的身边。
那时候我们的话题更有趣,
我将回忆每个时辰每个地点;
我把一切统统告诉你:
沿途经历、各地的风俗习惯,
或者什么地方的奇异发现。
你一边听,一边想象,
就像陪伴我绕世界飞行一般。"
话已至此,再劝也没用,
于是相互亲吻、告别,
一个留下,另一个展翅起程。
我们的旅行家飞呀飞,
突然遇到了暴雨和霹雳;
往下看,海洋似的草原一片绿。
往哪里躲避?
幸好瞥见一棵干枯的橡树,
那里可暂作栖身之地,
我们的鸽子落到树上;
然而这棵树既不挡风又不遮雨,
鸽子浑身湿透颤抖不已。
雷声渐渐平息。
刚刚闪耀阳光,
可怜而任性的鸽子又朝前方飞去。
鸽子振动翅膀,一边飞行一边张望,
它发现森林附近起伏着麦浪。

鸽子落进麦田,不料陷入了罗网!
灾难来自四面八方!
它拼命挣扎,用力冲撞,
万幸是一张旧网:终于破网而出,
只是爪子和翅膀受了点儿轻伤。
顾不得伤口,失魂落魄地飞行,
但更大的劫难降临到头顶:
凶猛的鹞鹰穷追不舍,
追得鸽子两眼发黑不辨西东!
它使出最后的力气逃避,
咳,气力不济! 眼看要丧命!
凶猛的铁爪已经逼近,
宽阔的翅膀扇来阵阵冷风。
这时候偏巧空中飞来一只金雕,
奋力扑打那只鹞鹰——
猛禽成了午餐归另一只猛禽享用。
此时我们的鸽子,石头一样
疾速坠落,躲进篱笆下边,
然而它的灾难还没有完:
祸患总是跟着祸患。
有个顽童用石子儿瞄准了鸽子,
这般年龄还不懂得什么叫可怜,
嗖的一声,石头击中了倒霉蛋。
一度醉心远游的鸽子,
如今头破了腿瘸了,翅膀伤残,
它勉强挣扎飞回了家园,

所幸再没有遇到凶险。
幸运的是——等待它的是友情!
从友情之中
它得到了体贴、抚慰与喜悦;
不久便忘记了那些痛苦和不幸。

啊,一心想周游世界的人们,
你们不妨读一读这篇寓言!
不要匆匆忙忙就起程远行,
不管你们的想象多么奇幻;
世上没有什么地方更美好,
能胜过亲人与朋友的家园。

金　币

教养是否有用？
当然有用,不言自明。
但我们常常误认为——
教养就是追求豪华,
甚至是沉溺于奢靡之风。
因此须要细细甄别,
剥去人们粗俗的外壳,
不要伤害他们的善良本性,
不要损害他们的气质,
不要伤及他们的心灵,
不要让他们失去淳朴
不要徒有其表浪得虚名。
这是一条神圣的真理,
足够填充一部巨著的内容;
但严肃的说教并非人人喜欢,
那我就半是认真半开玩笑,
讲一则寓言故事给你们听。

农夫在地里捡了一枚金币,

他头脑简单像很多庄稼汉。
出土的金币锈迹斑斑。
有些人想换这枚金币,
愿意出三捧铜钱。
"等一等,"农夫盘算,
"我要想一个办法,
让他们的价钱多出一倍,
来跟我的金币交换。"
他立刻找来了
沙子、白垩和半头砖,
说干就干。
农夫使出浑身力气,
打磨那枚金币,
用砖头擦,
用沙子磨,
总而言之,擦得金币发热,
磨得金币光彩熠熠。
然而金币减轻了分量,
失去了原先的价值,
这却是农夫始料不及。

讨三个老婆的人

有个人违背教规放荡好色，
除了原配妻子又娶了两个老婆。
消息传来传去传进了王宫，
国王异常严厉，
对这种堕落行径，他决不纵容。
国王下了一道命令：
把讨三个老婆的男人
立刻押送到法庭。
国王指令法官对他严加惩处，
要让普通百姓个个惊恐，
从今往后谁也不敢重犯此类罪行。
"只要我发现对他处罚过轻，
立刻把所有法官处以绞刑！"
法官们觉得这可不是闹着玩，
一个个吓得直冒冷汗。
他们商量了三天三夜，
究竟该怎么样惩处罪犯。
惩罚的条款数以千计；
但依据他们的经验，

都难以震慑百姓使他们远离罪愆。
最后,是上帝指点了法官。
罪犯被带到法庭,当庭宣判
法官们协商一致的判决——
这个男人可拥有三个老婆。
老百姓对判决迷惑不解,
他们等待国王下令绞死法官;
但仅仅过了三天,
讨三个老婆的男子上吊而死;
这是出人意料又叫人恐惧的结果,
从那时候起那个国家,
再没有男人敢讨三个老婆。

不信神的人

古代有一个部落,
与其他部落不和,
因为这个部落的人都很残忍,
他们舞刀弄棒居然想反抗天神。
千面旗帜开道,暴乱的人群
有的拿着弓箭,有的带投石器械,
一路吼叫奔向原野。
他们的头领狂妄大胆,
为了煽动起更大的暴乱,
他大声喊叫:"上天严厉却不公道,
天神昏聩糊涂,就知道睡觉,
教训他们的时刻已经来到!"
他还说什么,他们能够从山巅,
把一块块石头抛上天,
还能把利箭射向奥林匹斯山。
奥林匹斯众神见暴徒如此放肆,
就聚在一起祈求宙斯,
求他平息骚乱显示威力;
众天神一致建议,

为震慑暴徒最好能手段神奇：
或让山洪暴发，或动用霹雳，
不然就从天降落石头雨。
宙斯说："稍等片刻，
如果暴徒们不畏天神继续作恶，
他们必将自取其祸！"
这时候反抗天神的暴徒，
纷纷向天空抛掷石头，弯弓射箭，
但石头和箭镞从空中又落向地面，
数千歹徒死于非命，无一幸免。

不信神明必自食恶果；
你们应该清醒，人啊人！
亵渎神明的人胆大妄为，
蛊惑你们反抗众神，
雷霆的箭镞瞄准了你们，
你们毁灭的时刻已经来临！

鹰 与 鸡

雄鹰在云端遨游,
渴望饱览晴日风光,
在电闪雷鸣的高空,
它也自由地翱翔。
忽然,
鸟中之王从天而降,
落在一个草垛上。
草垛虽不是雄鹰的宝座,
但鸟王自有奇思妙想,
也许它愿赐草垛以荣光,
也许近处没有悬崖、橡树,
没有它适于休憩的地方。
鸟王的心理实难猜测,
它刚刚落足休息片刻,
又飞向另外一个草垛。
抱蛋的母鸡看到这种景象,
蓬松羽毛对伙伴说短道长:
"亲爱的,
鹰为什么备受赞扬。

难道不就凭它善于飞翔？
哈,说真的,只要乐意,
我也能在草垛当中飞它一趟。
咱们往后可别再当傻瓜,
以为鹰准比我们鸡强。
它们不多眼睛,不多翅膀。
你现在看得一清二楚,
鹰也贴着地飞,和鸡没啥两样。"
这一派胡言使雄鹰格外厌烦,
它说:"你的话确实不错,
只是说得不够周全。
鹰,偶尔飞得比鸡还低,
鸡,却永远飞不上云端！"

当你评价那些天才人物,
不要一味数落其不足之处,
要善于体察其威力和才华,
要善于区分他们不同的高度。

鹰与鸡

卷 二

群蛙求王

一群青蛙
厌倦了平民自治,
它们觉得
不当差、自由自在过日子,
一点儿也不高尚,
为了消除烦恼,
它们求天神派一个国王。
天神向来不理睬胡言乱语,
但是这一次宙斯倾听了请求,
答应给青蛙派个国王。
这国王轰隆隆自天而降,
刹那间引起剧烈的震荡:
青蛙们慌了手脚,
四散奔逃,
连忙躲藏,
躲进洞穴里悄悄议论国王。
的确,派来的国王非同寻常:
从从容容,稳稳当当,
不声不响,器宇轩昂,

巨人一般,魁梧雄壮,
看上去人人称奇,个个景仰!
这国王只有一个缺陷,
原来它是山杨木树桩。
起初,由于敬畏庄严的君主,
没有一个臣民敢近前瞻望,
它们都满怀惊恐,
透过蒲草与水藻偷偷打量。
然而天下的百姓见怪不怪,
再新奇也会习以为常。
青蛙们渐渐地不再惊慌,
一个个壮起胆子,
怀着忠心来参拜国王。
一开始它们匍匐在大王前面,
不久,胆大的就坐到国王身旁;
有的还想与国王并肩而坐,
还有的更加狂妄,
居然蹲在那里,屁股冲着国王。
国王倒不介意,它宽宏大量。
过了不久,有的青蛙

竟然跳到了国王身上。
仅仅过了三天,
青蛙对国王已经厌倦。
群蛙再次祈求宙斯,
为沼泽之国再派一位君主,

希望新的国王无比威严!
听群蛙的祈求十分恳切,
宙斯给泽国派来了仙鹤。
这位国王可不是木桩,
它的性格特别:
绝不放纵属下的臣民,
它吞噬青蛙,说它们有罪孽。
在仙鹤的法庭之上,
没有无罪的青蛙,
一日三餐它都要进行判决。
于是恐怖的凶年,
降临到蛙民的泽国。
被吞噬的青蛙每天都有很多。
它们的国王从早到晚巡察,
碰到一个,宣判一个,
吞噬一个。
青蛙们越来越呱呱哀鸣,
它们第三次祈求宙斯,
再派一个国王来治理泽国。
它们说当今的国王吞噬青蛙,
就如同吞噬苍蝇;
青蛙们不敢露头,不敢出声,
(想一想这该多么惶恐!)
它们觉得这国王比旱灾还凶!
这时候一个声音响在空中:
"你们为什么

不珍惜往日的太平生活?
求国王吵得我几乎耳聋,
你们不让我安宁,蠢货!
给你们派过一个国王吧,
你们嫌它太温和。
在水洼里乱叫嗓子都快喊破。
又给你们派去一个,
你们又说它太凶恶!
你们就跟这个国王将就吧,
免得你们日子更难过。"

狮子与雪豹

很久很久以前,
狮子和雪豹
进行过旷日持久的大战:
争森林,抢洞穴,占地盘。
据理力争,不是它们的习惯,
强者当权,最喜欢一味蛮干。
野兽自有野兽的规矩,
谁打赢了谁就是好汉。
可说到底总不能打一辈子,
爪子还有磨钝的时候,
有一天两个强者想暂且休战。
它们要停止敌对冲突,
把一切争端搁置一边,
然后再签订一项持久和约,
直到新的争执再次出现。
雪豹向狮子提议说:
"有关各自的秘书,
我们俩应该尽快确定人选。
秘书们自有明断,

和约条款可按它们的意思办。
我愿意让猫做我的秘书,
它心地善良,虽然外表平凡。
你的秘书最好指定驴子,
它是官吏中一位要员。
这里顺便提上一句,
驴子在你手下最有才干!
作为你的朋友恕我直言,
依我看,一只驴蹄子,
抵得过你的宫廷和元老院!
让我们当面决定吧,
由猫和驴子代表我们谈判。"
狮子听了点一点头,
一句话也没有进行争辩。
不过,它根本没有委派驴子,
而是挑选狐狸参加和谈。
久经世面的狮子暗自说道:
"谁受敌人称赞,
肯定是个笨蛋!"

长官和哲人

一个节日时辰，
长官和哲人闲谈款叙。
长官说："你相当了解世俗，
洞悉人心好似谙熟典籍。
为什么我们每做一件事，
无论选拔法官还是举荐学士，
只要你偶然回顾稍一疏忽，
粗俗透顶的家伙就钻进来一批？
防范他们难道没有对症的药剂？"
哲人回答说："无计可施。
你我彼此讲话无须兜圈子——
上流社会的位子犹如木头房子。"
"此话怎么解释？"
"比如近日我建成一座新居。
主人还没有搬进去，
蟋蟀早已住在那里。"

野兽遭遇瘟疫

森林里流行瘟疫——
上天的惩罚,自然界的灾难。
野兽们心惊胆战;
地狱敞开了大门,
死神踏遍了原野,沟壑与群山;
它像割草一样宰割生灵,
数不清的走兽处处受到摧残!
侥幸活命的见临近死亡,
一个个苟延残喘。
恐惧使它们变了样子,
大难临头它们的性情也有改变:
狼不再吃羊,修道士一样慈善;
狐狸再不偷鸡,躲进洞穴忏悔,
甚至忘记了一日三餐。
雄鸽与雌鸽已经分居,
再不相爱相恋。
而没有爱情,
哪儿来的欢乐可言?
紧急关头,狮子召集野兽开会,

野兽们踉踉跄跄,提心吊胆,
无声无息,围坐在狮王身边,
竖起耳朵,睁开了双眼。
狮子开口说:"诸位!
我们罪孽深重,触犯了天神,
百兽之中谁罪恶昭彰,
就应该自告奋勇,
牺牲自己作为祭神的供品!
也许,这样做能使天神满意,
他们会消解怒气,
有感于我们的虔诚恭顺。
朋友们,你们谁不知道,
为祭天而牺牲自我,
历史上有很多先例可以遵循?
因此,请静下心来,
让我们在这里都大声忏悔,
什么时候有意无意犯的罪,
认罪吧,我的朋友们!
哦,我得承认,我也有过错,
尽管承认这一点让我很痛心!
我吃过可怜的羔羊,凭什么?
它们完全无辜,
我却不放过它们;
有时候,谁能没有罪过?
偶尔我还伤害过牧人。
所以我愿意奉献自己做祭品。

但大家不妨先坦白自己的罪，
哪一个罪大恶极，
就用它来祭神，
大概只有这样，神才感到欢欣。"
"啊，狮王，仁慈的大王，
您把这些也视为罪孽，
实在是过于善良！"
狐狸开口这样讲，
假如我们事事听凭脆弱的良心，
那我们就会由于饥饿而死亡。
何况，我们的父王！
请相信，羔羊有幸被您吃掉，
那是它们的无上荣光！
至于那些牧人，我们大家恳求：
您该教训他们，他们过于狂妄！
这没有尾巴的部落愚昧又放肆，
竟敢到处宣称他们是万物之王！"
狐狸刚说完，阿谀逢迎的野兽
都用同样的强调把狮子赞美，
它们争先恐后力图证明，
狮子根本用不着赎罪。
黑熊、老虎和豺狼
仿照狮子的口气，
也当着大家的面，
轻描淡写检讨自己的过失，
但那些最残忍的罪行，

它们却一句也不提。
所有那些尖牙利齿的野兽，
都得到了各方面的谅解，
它们不仅没有错,几乎接近圣洁！
轮到了温驯的公牛，
它哞哞地叫着说："我们也有罪。
五年前的一个冬天，
我们的饲料非常短缺，
魔鬼引诱我走向罪过——
哪里都借不到吃的东西，
就从神甫的草垛上偷了干草解饿。"
公牛的话引起一阵喧嚣；
黑熊、老虎和豺狼厉声尖叫：
"瞧,这个恶棍,偷别人的干草！
怪不得天神要惩罚我们，
原来这长犄角的家伙触犯了天条！
必须用它祭神,以惩罚他的偷盗，
同时拯救我们自己,改进风习，
公牛招来了瘟疫,在劫难逃！"
于是野兽们一致决议：
把公牛投入火堆,任烈火燃烧。

世上的人们都这么说：
谁最老实,谁有罪过。

狗 的 友 谊

厨房窗户下边,
卧着两条晒太阳的狗,
虽说院子前面的门口,
该当由它们两个把守。
可它俩全都吃得挺饱,
再说懂礼貌的看家狗,
白天从不对人乱叫乱吼。
两条狗说长道短谈善论恶,
末了讲到了结交朋友。
卷毛狗这样开了腔:
"跟朋友心心相印,
各方面互相帮忙,
有什么能比这更加高尚!
离开朋友睡觉失眠吃饭不香,
保护朋友一根毫毛不受损伤,
目不转睛彼此凝视对方,
盼只盼能有个幸运机会,
想方设法让朋友欢欣舒畅,
为朋友造福,无上荣光!

比如说,我跟你,
建立这样的友谊,
我敢说,无比的欢乐,
将使我们把时光遗忘。"
长毛狗接着发言:
"太对了!正合我的心愿!
亲爱的卷毛狗呀,
我早就已经厌倦;
咱们同住一个宅院,
不打架斗殴却过不了一天。
感谢老爷的恩典,
咱们吃得饱,住得暖,
究竟为什么争吵呢?
说起来,你我实在丢脸。
自古以来狗以忠于友谊闻名,
可是正如在人们中间,
狗的友谊真真罕见。"
卷毛狗连忙大叫:
"让我们做当代友谊的典范!
长毛狗,伸出你的前掌来吧!"
两条狗前爪相碰算握手言欢。
新朋友又是拥抱又是亲吻,
那股喜兴劲儿文字难以言传。
一个说:"我的好友!"
一个叫:"我的知己!"
什么争吵、嫉妒、仇恨,

统统被抛到了一边!
不幸,偏偏在这个时候,
厨师把一块骨头抛出了窗口。
瞧,新朋友猛扑过去争先恐后,
刚才的和睦融洽已云散烟消,
只见"知己"狠狠撕咬着"好友"——
只咬得一绺绺狗毛四处乱飞,
驱散它们只能迎头泼桶凉水。

世界上此类交情多得不可胜数,
如此评论当今的朋友也不离谱,
对待友谊他们几乎全部一样:
听话音仿佛是推心置腹——
但只消抛出一小块骨头,
他们立刻变得狗也不如!

分 利 钱

有几个诚实的商人，
伙有一座楼房一处货栈，
赚的钞票堆积如山，
现在结束营业均分利钱。
分东西何时能不争吵？
为货为款他们吵成一片。
忽然，
有人惊叫楼房失火，
一个商人当即呼喊：
"快！快抢救货物！
快！快抢救货栈！
账目以后再算！"
另一个商人尖叫；
"我决不离开这里，
必须先给足我一千！"
第三个商人连吵带嚷：
"还欠我整整两千！
看,全写在账册上面！"
"不行！不行！我们不干！

凭什么给你？为什么给你？
怎么能够这么办？"
商人争吵忘了楼中大火，
你吼他叫乱成一团，
滚滚浓烟笼罩了一切，
熊熊烈焰吞没了商人，
烧光了他们的全部货款。

有些事至关重要，
经商营利不能与之相比，
而共事者往往同归于尽，
其实是一个道理：
身居困境不能同舟共济，
钩心斗角只图谋取私利。

分利钱

一只木桶

有个人请求朋友,
借一只木桶使用三天。
为友谊效劳,责无旁贷——
况且这又不是借钱:
涉及金钱,另当别论,
借一只木桶何必为难?
木桶用完,原物归还,
一切正常,糟糕的只有一点。
这只桶借去盛了白酒,
满满一桶泡了整整两天,
桶里的酒味四处扩散:
弄得食品味道变,
弄得饮料味不鲜。
为这只木桶主人忙了一年,
又是蒸汽熏,又让风吹干……
可桶里无论盛些什么,
那股酒味始终难免。
到末了主人没有办法,
只得把木桶抛到一边。

身为父亲的人们,
请你们牢记这则寓言:
孩子的不良习气,
将贻害终生直至老年。
不管口头上说得怎样,
成人的行动、举止和作为,
总难摆脱孩提时代的习惯。

狼落犬舍*

狼本想溜进羊圈。

黑夜里却误入犬舍,

喧嚣声顿时惊动了整个院落,

猎犬嗅出身旁的恶狼,

狂怒地要冲向不速之客。

"哎呀!有贼!"

猎人们喊道,

顺手将大门迅速插牢,

犬舍立刻成了阴森的地狱,

猎人有的拿枪,有的提棍,

脚步杂沓纷纷奔跑。

"拿火!拿火!"

人们呼喊着举灯来照。

灰狼蹲着,蜷缩在墙角,

---

* 这篇寓言写于1812年,及时地反映了卫国战争的史实,讽刺了入侵俄国陷于困境的拿破仑,歌颂了俄国统帅库图佐夫。库图佐夫亲眼见到了这篇寓言的手稿,他非常高兴,曾经给军官们朗读过这篇寓言。当他读到"你一身灰毛,我却白发苍苍"一句时,忽然摘下帽子,晃一晃满是白发的头,显得十分自豪。这位统帅认为,克雷洛夫对他的战略思想最为了解。

80

龇着尖牙,竖着毫毛,
眼冒凶光,似要把一切吞掉。
当它看清眼前不是羊群,
意识到自己处境不妙,
狡诈的家伙开始求和讨饶。
"朋友们,
何必大吵大闹?
自古以来我是你们的干亲,
我来跟你们讲和,
绝不是为了争吵。
让我们忘记过去吧!
我们共同把和平缔造!
今后我不仅不再触犯羊群,
我愿为保护它们而效劳。
我以狼的誓言担保……"
猎人打断狼的话说道:
"住口吧,朋友!
你一身灰毛,我却白发苍苍。
对你们狼的脾性我早有领教;
我有我自己的习惯;
跟狼,决不讲和,
除非把狼皮扒掉!"
猎人说着撒开猎犬,
扑向灰狼狠狠撕咬。

小　溪

牧人在溪边忧伤地歌唱,
唱他的不幸,唱无可挽回的损失:
不久前他心爱的羔羊,
不慎溺水沉入了河底。
听了牧人哭诉,小溪生气地抱怨:
"大河啊,你真是贪得无厌!
如果你的河底也像我,
什么都清清楚楚,一目了然,
被你吞噬的那些东西
即便有水草遮掩,岂不也能发现?
我看你该惭愧得钻入地缝,
不然就躲进幽暗的深渊。
假如有一天我交了好运,
也能拥有丰沛的水源,
我一定去美化和装点大自然,
连一只母鸡也不伤害,
我将小心翼翼,流得格外舒缓,
流过灌木丛,流过牧人的家园!
河岸会对我表示感谢,

我让峡谷和牧场焕发生机,
但我不带走哪怕是一片树叶。
总之一句话,一路行善,
我决不留下痛苦与灾祸,
我的溪水一直流到大海
仍然像银子一样纯洁。"
小溪这样说,心里也是这样想。
后来怎么样?不出一个星期,
附近山头上乌云密集,
空中倾下了瓢泼大雨:
溪水暴涨赶上了大河,哎呀呀。
哪里再去找温和的小溪?
溪水冲决堤岸,浊浪汹涌,
卷起团团泡沫,喧嚣、奔腾,
冲倒了百年的老橡树,
枝干断裂咔嚓有声,
不久前还替牧人抱怨大河的溪水,
现在卷走了牧人和他的羊群,
就连牧人的茅屋也被冲得没了踪影。

许多小溪流得平稳舒缓,
水声潺潺,讨人喜欢,
只是因为它水还太浅。

狐狸和田鼠

"亲爱的,"田鼠问狐狸,
"你头也不回这是往哪儿跑?"
"啊,可爱的小亲家,
我蒙受了不白之冤,
我被赶出来是为一桩贪污案。
你知道,我当过鸡群的法官,
为办公累坏了身体不得清闲,
忙忙碌碌没吃过一顿舒心饭,
就连夜晚也不得安眠。
我这样尽心竭力倒引起抱怨,
不断听到人家的咒骂和谣言。
喏,你不妨设身处地想一想,
既然一个人总是受到诽谤污蔑,
他在世上要保持清白该有多难!
我哪里能吃贿受贿?
我又不神经错乱!
好吧,我听听你的公断,
莫非你也认为,
我跟这件案子真有牵连?"

"是的,亲爱的,
我常常看到,
你的尖嘴巴上粘着鸡毛。"

有的人一遇场合就发牢骚,
似乎他身无分文穷困潦倒,
真的,全城居民都知道,
他和他的妻子积蓄甚少——
可是你耐着性子等着瞧,
他又买庄园又把楼房造,
至于收入多少,怎样开销,
谁也难于判断,弄不明了,
人们怕招惹是非也不去说:
他的尖嘴巴上粘着鸡毛。

行人与狗

有两个要好的朋友,
傍晚时分边谈边走。
突然,有一家的把门狗,
从狗洞里朝他们又叫又吼。
看家狗接二连三高声叫,
街上转眼冲出五十来条狗,
一个朋友弯腰去捡石头。
另一个说:
"算了,老弟!
制止狗叫,你白费气力。
你动手,它们叫得更急。
咱们只管朝前走,
我最了解这些狗的脾气。"
他们走了五十多步,
狗的叫声果真渐弱渐稀,
后来竟听不见一点声息。

有一些家伙十分妒忌,
瞧见什么都谩骂一气,

你不屑理睬尽管赶路：
谩骂挡不住人的脚步！

蜻蜓和蚂蚁

一只飞来飞去的蜻蜓,
唱着歌度过了美好的夏天;
不容它回味幸运的时光,
转眼间冬天已来到面前。
田野上一片荒凉景象,
光明灿烂的日子难得再见——
那时候每一片绿叶下面,
都有饭桌可以就餐,
都有床铺可供睡眠。
称心如意的一切已成往事,
眼下是饥饿贫困伴随严寒;
饿着肚子谁还有心思唱歌?
蜻蜓从此变得沉默寡言。
寂寞的困境使它痛苦不堪,
它慢慢爬到了蚂蚁身边:
"亲爱的,
别丢下我不管。
求求你可怜可怜,
到来年开春以前,

请给我一口饭吃,
借我点柴火取暖。"
蚂蚁对蜻蜓说道:
"我听来都觉得新鲜,
莫非你夏天没把活儿干?"
"亲爱的,
干活哪有工夫?
那时候绿草如茵多么柔软,
我们唱啊跳啊忘记了时间,
直乐得心花怒放头脑晕眩。"
"这么说你就……"
"就尽情唱了整整一个夏天。"
"唱了整整一个夏天?
好啊!
你现在该去再跳上一番!"

说 谎 的 人

有个贵族(兴许还是公爵),
从遥远的国度回到家乡,
他和一位朋友在野外散步,
张口便吹嘘他到过的地方,
真真假假,说得十分荒唐。
"可惜呀,"他说,
"再也看不到我见过的景象。
我们这儿算个什么鬼地方?
一会儿冷,一会儿热,
一会儿没太阳,一会儿又太亮。
瞧人家那里,简直就是天堂!
一想起来,心里就舒畅!
既不用穿皮袄,也不点蜡烛,
一年到头夜晚全都明晃晃,
四季如春普照五月的太阳光。
那里的人谁也不种庄稼,
可作物年年丰收,真叫人惊讶!
比方说在罗马我见过一条黄瓜:
哎哟哟!那黄瓜真大!

你信不信?黄瓜大得像座山!
至今我都忘不了它。"
"的确神奇!"朋友回答说,
"世界上无奇不有,怪事很多;
但未必人人都亲眼见过。
现在我们俩正走向一处魔幻地,
毋庸置疑,你还没有这种经历。
看见了吧?前面河上有座桥,
看上去平常,它却有神奇魔力!
说谎的人都怕从这桥上过——
走不到一半,就会摔跤,掉进河里;
但诚实的人过桥都很顺利,
即便你坐四轮马车也能过得去。"
"那条河深不深?"
"不浅。
世上无奇不有呀,朋友,你看!
虽说罗马的黄瓜很大,毋庸置辩,
因为好像你说过那黄瓜大如山?"
"说山也许不像山,
不过,的确跟房子差不多。"
"难以置信的奇观!
但是不管它有多么奇妙,
最神奇的还是我们马上要过的桥,
对说谎的人它绝不容忍,
今年春天从桥上掉下去三个人,
两个小报记者、一个裁缝,

全城的人都知道这个奇闻。
你说黄瓜有房子那么大,
如果是真的,确实叫人惊讶!"
"喏,算不上多么新奇;
实际情况还应该了解:
别以为那房子像我们一样宽敞,
其实狭小得像个厕所,
容不下两个人解手,
站不得站,坐不得坐!"
"即便如此,也还得承认,
一条黄瓜装得下两个人,
实在是天下奇闻!
然而我们的桥更加奇特:
撒谎者过桥走不出五步,
必定会掉进桥下的大河!
尽管你的罗马黄瓜堪称天下一绝!"
撒谎者立刻打断朋友的话:
"听我说,我们何必非从桥上走,
最好能找个浅滩蹚水过河。"

鹰与蜜蜂

地位显赫者十分荣幸,
平民百姓景仰他的功名,
这使他踌躇满志仪表威风。
然而卑贱无名者更值得崇敬,
他工作辛勤不贪图舒适安宁。
不追求名誉,不艳羡尊荣,
激励他的只有一种心思;
为了公众利益而劳动。

蜜蜂围绕花朵忙碌不息,
鹰对它说话一派蔑视口气;
"可怜的小蜜蜂,我真怜悯你,
怜悯你的工作,怜悯你的能力!
成千上万个工蜂夏天营造蜂房,
可谁把你们放在眼里?
谁对你的工作给予鼓励?
我真不明白你的心意:
一生受苦受累,什么是目的?
和成群的工蜂一道,

你也将无声无息地死去!
我们的差别何止十万八千里!
当我在云端翱翔,
舒展呼啸的双翼,
一片恐惧笼罩着大地:
飞禽不敢抬头,
牧民惊散了睡意,
就连奔跑轻捷的麋鹿,
瞧见我也吓得飞速逃避。"
蜜蜂回答说:
"荣耀和威严属于你!
愿宙斯继续保佑你!
无心凭工作炫耀自己,
我生来为了公众利益,
望望蜂房我就感到满足,
因为在蜂房里面,
至少有我酿成的一滴蜜。"

兔子打猎

野兽成群结伙,
黑熊被它们捕获,
在一片林中空地上,
要把猎物发落——
走兽们议论纷纷,
谁应当得到什么;
一只兔子当即抓住了熊耳朵。
野兽们吆喝说:
"嗨!兔子,
你从哪里钻出来的?
谁也没见你参加狩猎!"
兔子回答说。
"啊哈,哥们儿!
谁把黑熊轰出森林?
谁把它赶进伏击圈?
干这一切的,是我!"
这自吹自擂虽然极易识破,
却令人觉得滑稽而又可乐,
兔子终于得到了一小块熊耳朵。

夸口吹牛的人虽然一再受到嘲笑，
可瓜分东西他们常常把好处捞到。

梭鱼和猫[*]

假如卖馅饼的缝皮鞋,
而做馅饼的是鞋匠,
糟糕!
后果不堪设想。
已经讲过上百遍:
谁要是硬干生疏的一行,
适足以表明他固执而狂妄。
他宁可把好事弄砸锅,
惹人耻笑,落个荒唐,
也不去向行家里手请教,
不听取人家聪明的主张。

尖牙利齿的梭鱼,
心血来潮要学猫的手艺,
不知是受嫉妒心的驱使,
还是吃鱼已经吃得嫌腻?

---

[*] 这篇寓言写于1812年卫国战争期间,讽刺了俄国海军上将契恰科夫贸然参加陆战,结果招致失败。

梭鱼向猫提出请求,
捉老鼠带它一道去,
仓库里面打伏击。
猫劝告梭鱼:"算了吧,老弟!
你哪懂我们这门手艺?
俗话说,凡事怕行家。
你何苦败坏自己的名誉?"
"得了! 亲家!
你真是少见多怪!
逮老鼠有什么了不起?
我们常常抓到凶猛的鲈鱼!"
"那就走吧!
祝你出师吉利!"
来到仓库,它们分头埋伏,
猫玩得痛快。吃得满意,
现在来看它的亲戚。
梭鱼苟延残喘躺在地,
半截尾巴让老鼠咬了去。
眼见梭鱼逮老鼠无能为力,
猫把它又拖回池塘,
趁它还有一口气。
梭鱼呀梭鱼!
这次教训你该牢记:
以后应当聪明点,
再逮老鼠,你可千万别去!

狼 和 杜 鹃

狼对杜鹃说:
"再见吧,邻居!
我在这里求安逸是白费心机!
你们这儿的人和狗全都一样,
一个比一个更加凶狠暴戾;
你就算是个天使吧,
也难免跟他们打架怄气。"
"邻居,
你可是到远方去?
你跟什么人才能和睦相处?
你心目中的完人住在哪里?"
"哦!我要一直向前走,
安乐邦幸福林是我的目的地。
那是名副其实的乐土呀,邻居,
那里的人不懂得什么叫作战争。
一个个像羊羔一样温顺和气。
那里的江河流淌着牛奶,
那里的生活处在黄金时期,
人与人互相关切像姊妹兄弟,

那里的狗也格外讨人欢喜,
它们不叫唤,更不会咬你。
你自己说说,亲爱的,
在这般安宁的国度里,
生活岂不称心如意?
就连做梦也会觉得甜蜜。
再见吧,请宽恕我的过失!
无论如何我也要去那里定居,
我将过得安适,美满,富裕!
再不像在你们这个地方,
白天走路东张西望提心吊胆,
就连夜里也不能好好休息。"
杜鹃说:"可爱的邻居!
祝你一路平安顺利!
请问你的习性和你的牙齿,
是丢在这里还是一齐带去?"
"哪能丢在这里?
岂有此理!"
"那么请你记住我的话:
人家将扒掉你的狼皮!"

什么人脾性越卑劣,
越是爱把别人挑剔,
环视四周,看不出一个好人,
跟大家闹翻的首先是他自己。

公鸡与珍珠

公鸡翻刨着粪土,
发现了一颗珍珠。
它说:"珍珠有啥了不起?
简直是毫无用处的东西!
人们对它评价那么高,
岂不是呆头笨脑?
要是捡到一粒大麦,
实在说,我倒会更加愉快:
大麦虽没有好看的外表,
它呀,却可以解饱。"

愚蠢的人都有定而不移的信条:
只要无利可图,全属微不足道。

公鸡与珍珠

农民和雇工

灾难临头，
盼望救星赶到，
转危为安，
反而恩将仇报，
救人招致骂名，
世情万难预料。

一个农民和他的雇工，
割完草踏上回家的小径，
傍晚时分路过一片树林，
冷不防迎面撞见一只熊。
熊向农民猛扑过来，
农民栽倒在地惨叫一声，
熊按住他又抓又挠，
找个合适部位就要逞凶。
眼看自己要葬身熊腹，
农民拼命挣扎呼喊雇工：
"好斯杰潘！
快来救命！"

斯杰潘不愧是大力士,
挥动板斧奋力砍熊,
熊的半个脑袋飞迸而去,
他又用钢叉朝熊的肚皮一捅。
只听得扑通一声,
熊倒在地上丧了命。
脱离危险刚刚站定,
农民竟然骂开了雇工,
可怜的斯杰潘不由得一愣:
"东家您,怎么能……"
"怎么能?你个饭桶!
干了蠢事莫非你还高兴?
瞧!好好一张熊皮,
让你捅了个大窟窿!"

车　队

拉瓦罐的车队，
走山路该下一个陡坡，
其他的车留在山上等候，
赶车人小心牵引第一辆马车。
驾辕的是匹好马，骶骨顶着车辆，
免得车向下打滑坠落。
山上有一匹小马，
对这匹拉车的马大声责骂：
"嘿，奇怪！你一向受人夸奖，
瞧瞧，磨磨蹭蹭，慢得像只虾！
差点儿磕到石头上，歪啦！斜啦！
胆子大点儿！又撞了一下！
该靠左走啊，别怕！
真是头笨驴！
要是上山或是夜晚，倒还罢了，
可现在是下山又是白天，
真不像话！
看着都让人着急，
还不如去驮水，既然没本领！

回头看咱怎么拉车!
别担心,不会耽搁一分钟,
咱拉得飞快,决不磨磨蹭蹭!"
这时候脊背用力胸膛紧张,
小马拉动了车辆,
但是刚刚开始下坡,
那辆车就摇晃、颠簸;
小马趔趔趄趄摇摇摆摆,
索性撒开四蹄奔跑起来;
跨过石头、沟坎又蹦又蹿,
车辆倾斜向左、向左,
轰隆一声——跌进了山涧!
全都毁了,主人的一车瓦罐!

很多人都有同样的弱点,
别人做什么都觉得不好;
可是一旦他自己动手,
不料结果却更加糟糕。

小 乌 鸦

天上的鹰鹫扑向羊群,
抓起一只羊羔腾空飞翔;
附近的小乌鸦目击了这一景象。
这件事吸引了小小的乌鸦,
它心头一闪暗自思量:
"要抓就抓大的,
不然何苦把爪子弄脏?
看来鹰鹫也太差劲,
羊群里难道只有羔羊?
要是我一时兴起扑将过去,
定抓块领头羊的肥肉亲口尝尝!"
小乌鸦立刻飞到羊群上空,
向羊群投下贪婪的目光,
对无数羔羊、公羊、母羊,
仔细地挑选,比较,端详,
最后看中了一头公羊。
要问这公羊多肥多壮?
反正要拖它能累垮一只饿狼。
乌鸦准备停当向下俯冲,

拼出全身气力抓住公羊,
这时才发觉拖走猎物太不自量。
不料还有一点更加糟糕:
公羊的羊毛又多又密又乱又长,
乌鸦爪子简直像陷进罗网。
末了这乌鸦自己反倒成了猎物,
会飞的幻想家落了个可悲的下场。
牧人们捉住了小小乌鸦,
剪去了羽翅使它再不能飞翔,
然后送给孩子们去玩耍喂养。

人们中间也时常这样。
小骗子去把大骗子模仿,
结果是——
坑蒙拐骗的老手善于躲藏,
初次作案的总吃拳头棍棒。

大象当总督

有的人声名显赫又有权力,
而同时昏聩愚昧拙于心计,
那就糟了,
纵然他有善良的心地。

大象被拥戴当了森林总督,
虽然象群历来属于聪明家族,
可俗话说,家家都把丑儿出:
我们的大象总督,
身材魁梧似双亲,
头脑糊涂,一点不像亲父母,
它连苍蝇也愿给予保护。
有一天,善良的总督坐大堂,
绵羊的状纸呈上了都督府,
上写着:"豺狼扒光了我们的皮!"
总督叫道:
"啊!骗子!罪不容诛!
什么人教你们大肆抢掳?"
狼说:"我们的慈父,

请您息怒。
难道不是您亲自指令我们,
向绵羊征收冬季的轻微税负?
有什么值得大吵大闹?
这些绵羊太不识时务!
向它们每个姊妹才收一张皮子,
献出这微薄的贡奉还喊冤叫苦。"
"噢,原来如此,"
大象对狼说道,
"当心!撒谎造谣,
我决不轻饶!
一言为定,你们尽管征收羊皮,
但是不许触动绵羊的一根毫毛。"

驴子和夜莺

看见夜莺,
驴子开了口:"喂,朋友!
都说你是有名的歌手,
我倒想听听你的歌喉。
然后亲自来评判评判,
瞧你的技巧够不够第一流?"
夜莺当即开始献艺;
先是清脆起唱,继而婉转鸣啼,
行腔悠扬曲折,音调变幻出奇;
忽而温柔地喃喃低语,
犹如远方依稀可闻的芦笛;
忽而似响起串串银铃,
森林中顿时洋溢着欢乐的旋律。
这时候山川万物,
全都聆听黎明歌手的妙曲。
鸟儿不再喧叫,清风收敛双翼,
牛羊静卧在地,牧人凝神屏息——
目不转睛注视夜莺,
偶尔才向牧女露出笑意。

夜莺唱罢歌曲，驴子额头点地：
"不错，传说有点根据，
听你唱歌还算有趣，
只有一点感到可惜，
你不认识我们的公鸡；
要是你跟它学上两手，
准能提高自己的声技。"
可怜的夜莺听到如此高论，
拍一拍翅膀飞得无踪无迹。

啊！上帝！
再别让我们听到驴子的评语。

驴子和夜莺

卷 三

包税商与鞋匠

豪华住宅里阔气的包税商,
喝葡萄美酒,吃山珍海味,
几乎每天都举办宴会,
家里有数不清的宝贝;
吃穿享用应有尽有,
钱财富裕车载斗量,
总之,他的家简直就是天堂。
然而包税商也有一样烦恼,
夜里总是睡不好。
也许是害怕神灵审判,
也许是担心自己会破产:
他从来没有过香甜的睡眠。
有时候黎明打个盹儿,
又会遇到新的麻烦:
上帝安排他的邻居爱唱歌,
从一大早唱到吃午饭,
吃完午饭又唱到夜晚,
就是不让这位阔佬睡眠。
原来这邻居是个穷鞋匠,

穷鞋匠与包税商窗对着窗。
鞋匠爱唱歌,天生乐观开朗。
怎么样才能使他放弃歌唱?
怎么样去制止这位邻居?
强迫他住口:没这样的权利;
上门去请求:他未必会同意。
想来想去派人去请邻居。
邻居应邀来到。
"尊敬的朋友,你好!"
"对于您的好意,我很感激!"
"你的生意怎么样?克里姆老弟!"
(有求于谁,就知道谁的名字)。
"生意嘛,老爷,还算过得去。"
"为此你才那么高兴,总爱唱歌?
这么说你生活过得挺快乐?"
"这有什么奇怪?何苦抱怨上帝!
我总有干不完的活计;
我的妻子善良又年轻;
哪个不知道,有个好伴侣,
日子过得更惬意!"

"有没有钱?"
"没有,没有多余的钱,
可是也没有多余的麻烦。"
"这么说,老弟,你想不想更富裕?"
"我的话没那种意思。

但我为眼前的日子感激上帝!
老爷,你自己也晓得,
只要人活着,就希望过得更好,
如今就是这样的世道。
我想,您有那么多财宝还嫌少,
自然我也想当个阔佬。"
"老弟,你说得有理:
我们有钱,同样也有烦恼和忧虑;
虽然说贫穷不是罪过,
可话说回来,苦熬毕竟不如富裕。
喏,拿去吧,这是给你的一袋钱币,
我喜欢你诚实无欺。
上帝保佑,我愿助你一臂之力。
当心,千万别挥霍这些钱财,
好好保存,应付不时之需。
这里是整整五百卢布,
再见吧,老弟!"
我们的鞋匠接过钱袋,
连忙把这意外的礼物揣进怀里,
疾步如飞跑回家里去;
当天夜里他掘土深埋,
埋了钱袋,也埋了自己的欢快!
他不仅丢了歌声,也丢了好梦,
(他也体验了什么叫作失眠!)
一天到晚多疑,时时惊恐不安,
夜晚猫的动静也让他心神不宁,

以为是有贼来偷他的钱:
竖起耳朵听,浑身冒冷汗。
一句话,失去了平静的生活,
他烦恼,烦恼得直想去投河。
这究竟是为什么?为什么?
鞋匠苦苦思索,想来想去,
终于明白了是钱袋惹的祸。
他抄起钱袋直奔包税商,
"谢谢你的一番好意!"他说,
"您的钱袋,请您收回,
这钱袋弄得我失魂落魄。
您阔气,您过您的富裕生活!
就是给我一百万我也不要,
我只要睡眠,只要唱歌。"

倒霉的农夫

一个秋天的夜晚,
窃贼钻进了农夫的宅院,
撬开贮藏室,到处乱翻,
搜遍了四壁、顶棚和地板,
能偷的东西席卷一空,
俗话说,窃贼有什么良心可言!
我们的农夫倒了霉,
睡觉前还是个富裕户,
起床后成了穷光蛋,
看起来,不得不挎个口袋去讨饭;
上帝保佑,谁也别遭这样的劫难!
农夫痛苦又伤心,
找来了亲戚、朋友和干亲,
还有街坊与四邻。
他问:
"你们能不能帮我摆脱贫困?"
大家都帮农夫出主意,
七嘴八舌议论纷纷。
教父卡尔贝奇说道:

"咳,亲家,你不该到处吹嘘,
说你家里多么富裕。"
干亲克里梅奇说:
"老弟,修贮藏室可有学问,
距离卧室一定要近!"
"哎呀呀,哥们儿,
你们都没有说到点子上!"
邻居福马这样讲,
"关键不在贮藏室远不远!
你该养几只凶恶的狗看家护院!
我家的茹奇卡生了一窝小狗,
随你挑,由你选,
喜欢哪只你抱走;
狗崽子送给邻居我倒乐意,
省得我把它们扔到河里去。"
总而言之一句话,
亲戚和朋友想出的主意无其数,
但是没有一个人,
愿意给农夫具体的帮助。

世上就是这种情形:
一旦你陷入困境,
求助于亲朋,
他们会出主意表示同情,
但是一提到具体的帮助,

就连最要好的朋友，
也变得又哑又聋。

主人和老鼠

如果府上被盗，
窃犯一时查不出来，
切忌指责谩骂众人，
惩罚不分青红皂白；
这样擒不住盗贼，
无助于把局面打开，
只能闹得众叛亲离，
把小祸酿成大灾。

有个商人盖了一座仓库，
里面存放各种食物，
为防止老鼠造成祸害，
设立了一个猫的巡察处。
食品库日日夜夜由猫警戒，
商人再不必担心老鼠。
诸事如意，突然出了变故：
巡警中出了偷窃歹徒。
如同人类的监工难免罪孽，
猫当巡警自然也有错误。

本应该查明窃犯予以制裁,
对无辜的多数加以保护,
主人却下了命令,
所有的猫一律惩处!
听到判决竟如此糊涂,
无罪的猫跟肇事的猫一道,
急匆匆逃离了那座仓库。
商人的猫跑得一只不剩,
如愿以偿的只有老鼠。
猫刚走,它们进了食品库,
不出两三个星期,
吃光了全部食物。

大象和哈巴狗

街上牵来一只大象,
显然是供人观赏。
我们这地方大象十分罕见,
好事者成群结伙跟着观看。
突然,一只哈巴狗
出现在人群前面。
冲着大象又吼又叫又蹦又蹿,
仿佛要跟大象拼命一般。
长毛狗对哈巴狗进行解劝:
"老弟,别在这里丢脸;
你哪里是大象的对手?
瞧,你嗓子叫哑了,
它却径直朝前走,
不管你怎么叫、怎么吼,
它对你瞅也不瞅。"
哈巴狗听了回答说:"嘿嘿!
这正合我的心愿,
根本不用动手较量,
咱就成了英雄好汉。

大象和哈巴狗

大狗小狗都会说：
'嗬！哈巴狗，真勇敢！
它敢冲大象叫唤！'"

狼和狼崽

老狼开始训练狼崽,
一点点学习祖传的技艺,
派狼崽去林边游荡,
嘱咐它用心看个仔细,
看什么地方能碰碰运气,
冒点风险,
也在所不惜,
要在牧人身上打主意,
从那里弄点可吃的东西。
狼崽回来对老狼说道:
"你快跟我一道去!
吃的东西现成,千真万确,
山脚下有群绵羊,
肥肥的,一只赛过一只,
随便弄一只就能饱餐一顿,
羊很多,点清数目不容易。"
老狼说:"你先别急,
牧羊人究竟是什么样子?
我要先了解详细。"

"听说他为人不坏,
小心谨慎,聪明伶俐。
可是我围着羊群兜了一圈,
连他的猎犬也看了个仔细,
一条条猎犬都不大肥,
看来温和驯良没啥了不起。"
老狼说:"听了这消息,
这群羊引不起我的兴趣。
如果牧羊人真正精明,
他的狗绝不会没有出息。
你贸然前去,必定遭殃!
走吧,我领你找别的羊群去。
确保咱的狼皮万无一失:
那里看守羊群的猎犬虽多,
可牧羊人本身是个白痴。
什么地方牧人是傻瓜,
他的狗必定也冒傻气。"

猴 子

不论你干活多卖力气，
若不能替人类造福谋利，
就甭指望人家来感谢你，
甭指望获得什么荣誉。

一个农民披着霞光扶犁，
正在翻耕他的土地。
农民干得十分带劲，
脸上的汗珠儿直往下滴。
他是个地地道道的庄稼汉，
路过地边的人们都说：
"干得好呀！谢谢你！"
这情景使一只猴子分外妒忌。
赞扬的话，向来中听，
被人夸奖，谁不乐意？
猴子灵机一动也想扶犁：
它弄来一条木棍，
拿棍子比画一气，
嘴里还念念有词自言自语。

猴子握紧那根木棍,
一会儿挥舞,一会儿高举,
一会儿拖着跑,
一会儿又滚在地,
它的汗水流呀流成了小溪,
末了累得筋疲力尽气喘吁吁,
可是赞扬的话
却没有听到一句。
亲爱的猴子,你不必惊奇,
虽然你活儿干了不少,
可你忙活半天没有一点儿收益!

布　袋

一条空空的布袋，
扔在前厅的地板，
待在墙角。
低贱的奴仆，
常常用它来擦脚。
不料，
这布袋交了好运，
突然装满了金币，
放进铁皮箱里保存得挺好。
主人对布袋十分关照，
既不让风吹它，
又不让落苍蝇，
简直视若珍宝！
这么一来,有关这条布袋，
全城的人们都知道。
主人家里来了朋友，
必定亲切地谈论布袋，
如果把布袋打开，
人们都会惊喜地瞧一瞧。

谁若是坐在布袋旁边,
准会拍拍它或是摸一摸。
见大家对自己如此敬重,
布袋自以为是
得意扬扬,开始骄傲。
布袋一开口就胡说八道;
这也议论,那也指点,
说这个不对头,
说那个是傻瓜,
说人家将来肯定更糟糕。
尽管布袋一直胡言乱语,
说出来的话不堪入耳,
可所有的人还是张大嘴巴,
都想听个仔细。
不幸,许多人都有一个通病:
因为他们知道布袋装着金币,
不管布袋说什么,
他们都故作惊奇。
但这布袋是否长久受到宠爱?
是不是长期享有聪明的美誉?
等袋子的金币都被拿走,
布袋被抛弃,
再也听不到它的消息。

我们讲这则寓言不想让谁难堪,
但是在那些包税商中间,

像这样的布袋并非罕见。
从前他们在饭馆里跑堂,
不然就跟赌徒们要钱,
他们的手里很难见到一个卢布,
可如今靠歪门邪道腰缠万贯。
他们结交了伯爵、公爵,
甚至认识了重要官员,
往日在豪门的前厅不敢落座,
现在常登堂入室一道赌博!
不过,朋友,你们别太傲慢!
要不要悄悄把实情相告?
天可怜见,一旦你们破产,
你们就像那条空空的布袋,
被人抛弃在一边。

猫 与 厨 师

有位厨师知书达理,
离开厨房跑到酒馆去,
(这厨师迷信老规矩,
今天去那里为悼念亲戚。)
他把一只老猫留在厨房,
防备耗子偷吃东西。
喝酒回来他看见了什么?
啃剩的肉馅饼撒了满地。
老猫瓦西卡躲在角落,
身体紧贴着醋坛子,
喵呜喵呜啃着一只鸡。
厨师冲瓦西卡大发脾气:
"哎呀呀!你个馋家伙!
哎呀呀!你个下流痞!
明目张胆偷吃东西,
你还要不要脸皮?
(瓦西卡照旧啃着那只鸡。)
实在想不到!
你一向老实,

你是猫的模范,安分守己,
可是你……嘿嘿!多卑鄙!
这一次邻居们准要说:
'瓦西卡是小偷,是骗子!
不能让瓦西卡进厨房!
就像羊圈里的一只狼,
瓦西卡是祸害,
是病毒,是瘟疫!'"
(可瓦西卡边听边吃鸡。)
我们的演说家口若悬河,
滔滔不绝地训话讲道理。
结果呢?在他大发宏论的时候,
瓦西卡吃光了整只红烧鸡。

我想告诉另一个厨师,
把下列词句刻在墙壁:
不必空话连篇白费唇舌,
要紧的是履行你的权力。

狮子和蚊子

不要嘲笑弱者,
不可恃强凌弱!
弱小之敌能进行顽强的反击,
切不可过高估计自己的能力!
请听我讲一则寓言,
狮子受到了蚊子的惩罚,
由于它过分傲慢!
这是我从外地听来的故事:
据说狮子对蚊子格外蔑视,
蚊子怒气满腔,不甘忍受侮辱,
它决定向狮子展开一场报复。
既当战士又做号手嗡嗡叫唤,
它发誓与狮子决一死战!
狮子嗤之以鼻,蚊子不开玩笑,
它冲狮子的眼睛、耳朵、后脑勺,
吹响了进攻的号角!
蚊子选准了部位,抓住了时机,
像雄鹰一样扑向狮子,
朝狮子臀部扎下了毒刺。

狮子和蚊子

狮子一抖,用尾巴横扫蚊子。
蚊子灵巧,丝毫也不畏惧!
它落在狮子的前额吸它的血。
狮子摇晃脑袋,抖动颈上鬃毛;
好斗的蚊子有它的绝招:
钻进狮子鼻孔,或在耳朵里叮咬。
狮子又蹿又跳,
发出了可怕的咆哮,
它恨得咬牙切齿,
用爪子在地上乱刨。
恐怖的吼声震撼了森林,
野兽个个惊恐,有的躲,有的逃,
争先恐后,拼命奔跑,
仿佛发了洪水,又像大火燃烧!
是谁引起的这场风波?
是蚊子闹得大伙惊慌失措!
狮子冲撞翻滚,最后筋疲力尽,
咕咚一声栽倒在地向蚊子求和。
蚊子消了怒气,
向狮子宣布停止攻击。
它又从勇士变成歌手,
飞遍森林报告胜利的消息。

种菜人和学究

春天,种菜人翻掘他的菜畦,
好像在挖掘什么珍宝:
这个人身体强健、红光满面,
干起活儿来格外勤劳;
五十多畦黄瓜地已经翻掘好。
院子挨院子他有个邻居,
对菜地果园颇感兴趣,
此人最爱吹牛,号称自然之友,
实际上是个蹩脚的学究,
看过几本书空谈园艺絮絮不休。
有一天忽然也想栽种黄瓜,
他嘲笑邻居开了口:
"老弟,别看你汗流浃背,
我要是种地,
必定远远超过你,
跟我的菜畦相比,
你的菜田就像是一片荒地!
你种菜这么马虎,
居然还没有破产,

说实话,这倒让我感到惊奇!
想必你从来不学习园艺?"
邻居回答说:"没工夫学习。
我很勤劳,双手灵巧,
这些本领都挺可靠,
上帝为此怜悯我才赏赐面包。"
"蠢人,你竟敢讥笑学问?"
"不,老爷,我的话您别曲解!
如果您有好办法进行耕作,
我准备随时跟您学。"
"你看,只要我们等到夏天……"
"可是,老爷,现在就该动手干!
我已经种了一些黄瓜,
可您的菜畦还没有翻。"
"的确没有翻,我没有时间。
我一直在读书,
用什么铧犁翻地更有成效——
我正在钻研;
反正来得及,季节还不晚。"
"那就随您的便;
可是我得抓紧时间。"
种菜人说完,告别了邻居,
扛起铁锹,走向他的菜田。
学究回到家里,
仍旧读书、摘录、做笔记,
他既钻书本,也翻菜畦——

从早到晚,忙碌不息。
可哪一样也没有理出个头绪。
菜畦里刚刚钻出幼芽,
他从杂志上读了新的信息——
马上改变主意,按照新的方法
重新翻种菜畦。
后来的结果怎样?
种菜人黄瓜成熟,获利丰厚,
事事如意,心里乐开了花。
学究呢?
没有见到一根黄瓜!

农夫与狐狸

农民碰见狐狸,
对它说:"请问,老弟,
你怎么一门儿心思爱偷鸡?
说实话,我真替你惋惜!
现在只有我们俩,听我说,
你干的这一行实在缺德。
且不说偷窃是可耻的罪过,
世上的人都在诅咒你,
你天天都提心吊胆,
生怕为午餐或晚饭丢掉狐狸皮!
难道你真想死于偷鸡?"
狐狸回答说:
"这样的日子谁能忍受?
我一直为这些事发愁,
甚至吃东西不香,没有胃口。
你应该知道,我内心诚实!
有什么办法呢?穷,还有子女;
再说呢,老爹,
有时候我也想过,

世上偷窃的又岂止我一个?
可是干这一行总让我心如刀割!"
"真的吗?"农民说,
"既然你不撒谎,
我愿意为你提供干净的面包,
帮助你摆脱罪孽;
我要雇用你为我看守鸡舍。
谁能比你对狐狸的伎俩更了解?
你在我这里什么都不会短缺,
你将过上美满富裕的生活。"
事情谈妥;就从那一刻
狐狸担负起警卫的职责。
在农民手下狐狸过得自由自在;
农民很富裕,狐狸挺满意;
狐狸饮食丰美,越来越肥,
就是没有变得更诚实:
不久它又想品尝偷窃的东西,
再也不愿意为农民效力,
它挑了一个漆黑的夜晚,
咬死了鸡舍里所有的鸡。

一个人有良心,守法律,
就不会偷盗,不会欺骗,
不管他的生活多么艰难;
是窃贼就不会停止偷窃——
哪怕你送给他一百万。

狮子的培育

狮子大王是森林中的恺撒,
上帝把一只幼小的雄狮赏赐给它。
你们都了解野兽的习性,
跟我们人类大不相同:
我们一岁的孩子,即便是皇太子,
也还又笨、又弱、又小,
可一岁的狮子早已经脱离襁褓。
狮子大王开始认真考虑,
如何培育幼狮,免得它愚昧无知,
免得它玷污王国的声誉,
等轮到它治理王国的时候,
免得臣民因为它而把父王诅咒。
究竟该聘请、雇用或迫使哪一个
担负起培育幼狮的职责?
把它托付给狐狸? 狐狸倒很精明;
但欺骗撒谎是狐狸最大的本领。
同撒谎者在一起事事都糟糕,
狮王想,这可不是治国之道。
把幼狮托付给鼹鼠?

据传闻鼹鼠做事喜欢井然有序,
未经试探,什么地方也不去;
端上餐桌的每一粒谷子,
它都自己清洗、自己去皮;
总而言之,鼹鼠受到赞誉,
是因为它处理琐事很精细。
不幸的是它只看到鼻子尖,
目光短浅,看不见远方的东西;
有条有理对鼹鼠很适宜;
但鼹鼠洞穴岂能与王国相比!
要不要雇用雪豹?雪豹凶猛,
此外,它对战术也很精通。
不过,它不懂得策略,
对国民权力也不了解。
治国安邦怎么能请它来授课?
国王应当是法官、公仆、战士,
而雪豹只会厮杀醉心武力,
它不配为王子当老师。
长话短说,所有野兽,包括大象,
它在森林里受到敬重,
像希腊的柏拉图享有崇高威望,
但狮子大王觉得它
不够聪明,缺乏涵养。
幸好,鸟中之王——鹰鹫,
一向与狮子保持联系关系友好,
它听说了狮子的烦恼,

自告奋勇愿为狮子效劳,
它愿意承担培育幼狮的重任,
这让狮王如山的重负终于卸掉。
真的,为王子找到了导师,
有什么事情能比这更好?
(究竟是福是祸,不久就见分晓。)
于是为小狮子收拾行装,
送它去见鹰王,
学习治国之道。
过了一年又一年,问起小狮子,
了解情况的全都把它称赞,
鸟儿们都夸它出类拔萃,
它的事迹在大森林里四处流传。
最后,狮王派人来接儿子,
因为它已经学习期满。
幼狮一到,狮王召集了全体臣民,
野兽不分老少都已来临,
狮王与儿子拥抱又亲吻。
"我的好儿子,"狮子大王问,
你是我唯一的继承人;
我行将就木,你刚刚步入社会,
我愿意为你让出王位。
现在你对大家讲一讲,
你都掌握了什么学问,
你将怎么样造福于你的子民?"
小狮子回答说:"父王,

我所知道的,这里无人知晓:
从鹞鹰到鹌鹑,
水多的地方适合于哪一种鸟,
每种鸟怎么生活,怎么下蛋,
我了解鸟类的种种需要。
您看,这是老师发给我的证书,
鸟儿们夸我能上天摘取星斗,
它们并非无缘无故把我称道。
如果您有意让我来执掌权力,
我立刻就开始教导野兽
怎么样修筑鸟巢。"
狮子大王和野兽们大失所望,
大臣们个个垂头丧气,
老狮子恍然大悟,后悔不已,
小狮子学了些无用的东西,
讲起话来文不对题。
天生注定要统领野兽,
又何必去钻研鸟儿们的风习?
对于国王来说最重要的学问,
乃是了解子民的品性,
为自己的国土带来利益。

长者和三个年轻人

老年人正准备栽树,
附近三个年轻人嘲笑长者,
他们当面议论说:
"盖房子倒也罢了,
这种年龄还植树,
眼瞅着就快离开这个世界。
莫非你想做第二个玛土撒拉①?
除非你能活上两个世纪,
不然就见不到你的劳动成果。
别再干了吧,老大爷!
何必盘算得那么长远?
这把年纪该得过且过,
我们几个才适合有长远打算,
我们年轻,有强健的体魄,
老年人行将入土,来日无多。"
"年轻人!"长者答话很平和,
"我从小就习惯了劳作,

---

① 玛土撒拉,《圣经》人物,义人挪亚的祖父,据传说活了969岁。

无论动手做什么,
不指望只给自己带来收获。
种树让我感到快乐,
即便我等不到绿树成荫,
可将来我的孙子能够乘凉,
这就是劳动成果!
谁能够为将来的寿命担保?
我们当中谁更长寿很难说!
难道年轻强壮、脸蛋儿漂亮,
就能够避开死亡?
唉,我在暮年多次为人送葬,
其中有健壮小伙和妙龄女郎!
谁知道呢,也许,
你们的最后时刻已经临近,
潮湿的泥土首先会埋葬你们。"
老人说的话日后不幸而言中。
三个年轻人一个去海外经商,
起初满怀着追求幸福的希望;
但暴风雨毁坏了航船,
希望与商人一同沉入海的深渊。
另一个在他乡异域,
沉溺于堕落的风习,
他的健康还有生命,
断送于奢侈享乐和放荡的情欲。
第三个大热天喝了生水,
一病不起,为治病请来了名医,

然而名医们也无能为力。
听到三个人去世的消息,
善良的老人为他们痛惜、哭泣。

小　树

一棵小树
看见手持板斧的农民,
就对他说:"亲爱的人,
我不愿在宁静中成长,
求求你,
快快砍去我四周的树林。
树林在我头顶,
蛮横地织成浓荫,
没有阳光照耀我的身,
没有清风抚慰我的心,
没有宽阔的土地容纳我的根。
要不是这树林妨碍我的成长,
用不了一年,
我就会变成出名的美人儿,
我将用绿荫覆盖整个峡谷;
可如今我腰身纤细,
就好像竹竿一根。"
农民顺手抄起板斧;
像为朋友一样为小树效力:

小树的四周
开拓出广阔天地,
然而幼树能有几天扬眉吐气?
今天太阳暴晒似火,
明天遭逢冰雹骤雨,
最后被狂风吹断,瘫倒在地。
一条青蛇对小树说道:
"糊涂虫!
这灾难岂不是你自找?
逐渐成长你受到森林笼罩,
阵风吹不着,
烈日不能烤,
成年老树呵护你,给你关照。
将来有一天老树消失,
那是它们天年已到,
到那时轮到你枝繁叶茂,
你必定身强力壮根基牢靠,
眼前这悲剧不会发生,
大概你经得起猛烈的风暴!"

鹅

农民赶着一群鹅进城出售,
一路挥动着长长的竹竿,
他对鹅群不大客气,
这一点也不必替他隐瞒,
因为他急着赶集去赚钱。
(提到赚钱,
人都得吃苦,
一群鹅受点委屈也是自然。)
我不想责备这个农民,
但是鹅群对此却颇为不满。
路上偶然遇到一位行人,
鹅开口就把农民抱怨:
"什么地方的鹅
能比我们更可怜?
农民对我们又抽又打,
仿佛赶着普通的鹅群一般。
他理应尊敬我们才是,
可这个乡巴佬根本不懂这一点:
要知道我们出身于名门望族,

我们的老前辈
曾经使罗马免遭祸患。①
在罗马,甚至有节日把鹅纪念!"
行人问鹅群:
"你们有什么杰出的优点?"
"我们的祖先……"
"知道。这我读过很多遍。
我只想了解,
究竟你们有什么建树?"
"拯救罗马的是我们的祖先!"
"真可谓百说不厌!
但你们,你们可有类似的贡献?"
"我们嘛?
我们没什么好谈。"
"那你们还有什么值得骄傲?
快让你们的祖先在地下安眠!
它们受人尊敬事出有因,
而你们呢,朋友!
只配烤熟以后端上酒筵!"

我可以进一步解释这则寓言——
只不过担心把鹅群惹翻。

---

① 根据传说,古代罗马城墙上曾经有一群鹅。当高卢人侵犯罗马的时候,瞌睡的鹅群醒了,它们惊叫起来,唤醒了罗马居民,及时击退敌人的偷袭,从而挽救了罗马。

猪

有一天,一头猪
钻进了老爷的宅院,
围着那里的马厩和厨房胡乱跑,
在粪堆和垃圾当中弄得浑身脏,
又在齐耳深的泔水池里洗个澡,
做客归来,
猪还是那副相貌。
牧人问它:"喂,猪猡!
在老爷府上长了什么见识?
听说阔人家里尽是珠玉和珍宝,
宅子里的东西一样更比一样好。"
猪说:"哼,
全是胡说八道!
我压根儿没瞧见什么财宝,
那里粪便垃圾倒是不少,
不怕把噘噘嘴磨得起泡,
我把整个后院拱了个周遭。"

上帝不许我用比喻把别人污辱,

可我仍要把某些"批评家"称呼为猪,
这所谓的批评家不管评论什么,
其唯一的特长是眼睛只盯着坏处。

苍蝇和旅客

七月里炎热的中午,
山路上蒙着沙土,
一辆轿式篷车套着四匹马,
拉着行李和贵族老爷一家,
艰难地上山,
马匹已很疲惫,车夫手忙脚乱,
车辆停了,车夫从驭座上下来,
和仆人一起从两边挥舞皮鞭,
轿式篷车却一动不动;
老爷、太太、他们的女儿、儿子,
还有家庭教师不得不下车,
由此可知篷车该有多么重;
马匹用力,车轮旋转,
但沿着沙路上山艰难而又缓慢。
这时飞来一只苍蝇,拼命地嗡嗡,
它想露一手做个解救危难的英雄!
苍蝇乱飞,环绕在篷车四周,
忽而在辕马面前盘旋,
忽而在梢马的脑门儿上叮一口,

忽而代替车夫降落在驭座,
不然就撇下马匹,
在人们中间飞来飞去纠缠不休。
恰似包税商在市场上来回奔走,
唯独一件事让它不满,
没有一个人愿做他的帮手:
几个仆人随便闲聊跟在后面,
家庭教师陪太太小声交谈,
老爷忘记了遇事该由他做主,
竟带着女仆去松树林里采蘑菇;
而那只苍蝇一直嗡嗡不停,
似乎只有它在为大家忙碌。
这时候几匹马一步一步用力拉,
终于把篷车拉上了平坦的路。
苍蝇说:"好啦,谢天谢地!
请各位上车坐好,祝你们一路顺利。
我的翅膀已飞得疲乏,
现在该让我休息休息。"

世界上这样的人物很多,
他们喜欢处处露上一手,
他们爱忙碌、爱张罗,
虽然没有人提出请求。

鹰 与 蜘 蛛

雄鹰翱翔云端,
随后在高加索山巅降落,
栖息于一棵百年雪松,
以锐利的目光俯瞰无限空阔。
原来它能够眺望天边,
那里闪光的河流穿过草原;
这里的松林和牧场,
全都披上了春季的盛装;
而远方,里海波涛汹涌,
黑色的波浪像乌鸦的翅膀。
"赞美你,主宰世界的宙斯!
是你赋予我展翅凌空的威力,
我觉得没有不可飞越的高度!"
雄鹰向宙斯欢呼,
"我正从无人飞到的境界,
观赏大千世界的美丽景色。"
"我看你真会吹牛!"
这时蜘蛛从枝头回答说,

"伙计,你的高度就不如我。"
鹰抬头一看,不错,
它头顶的树枝上有个蜘蛛,
正在吐丝织网,
似乎它想遮蔽照射雄鹰的阳光。
"你怎么在这么高的地方?"
鹰问,"勇敢的飞鸟,
也不敢都来这里飞翔;
莫非你爬到了这里?
你那么弱小,又没有翅膀。"
"不,我不是爬上来的。"
"那你怎么到了山上?"
"我沾了你的光,
抓住你的尾巴,是你带我飞翔。
但现在,离开你,我也站得牢;
在我面前,你不要过于骄傲。
这地方有我,你知道……"
忽然刮来了一阵旋风,
蜘蛛又被卷下了山峰。

不知诸位有何感想?
我以为,有些人与蜘蛛相像,
他们既无才智,又无功劳,
却攀附权贵扶摇直上。
他们昂头挺胸,

似乎有雄鹰的力量,
但是,只要一阵风刮来,
他们连同蜘蛛网都被扫荡。

母鹿和托钵僧

母鹿失去了可爱的小鹿,
在森林里碰到了两只狼崽,
它的奶汁使乳房膨胀,
于是它让狼崽吃它的奶,
这体现出神圣的母爱。
森林里还住着一个托钵僧,
母鹿的做法让他惊愕。
"你好糊涂呀!"他说,
"你爱的是谁?为谁浪费奶水?
莫非你不知道狼的凶恶?
不定什么时候它们会让你流血!"
母鹿回答:"也许会流血,
可是我不那样想:
现在我只珍惜母爱的感情,
如果我不喂养它们,
我的乳房胀得生疼。"

行善而不图任何回报,
才能算是真正的高尚:

善良的人从不看重钱财,
总能与亲近的人们分享。

狗

老爷有条狗很顽皮,
它生活舒适,无忧无虑,
能像它这样幸运,
换一条狗必定称心如意,
保险不再偷吃东西。
但是这条狗却积习难改;
肉能到口,它决不放弃。
偷肉吃还擅长选择时机。
主人拿它没法办,
打骂无效,总是生闷气。
有一天来了个朋友,
对主人讲出了一番道理:
"看样子你挺严厉,
可纵容狗偷肉吃的却是你!
因为被叼走的肉,
到头来总是留下归它吃。
今后你不妨少揍它。
但叼走的肉决不许它吞下去!"

这聪明的建议一旦付诸实际，
尝到苦头的狗再也不敢调皮。

鹰 与 田 鼠

切莫轻视别人的建议,
首先该对它加以分析。

鹰王和王后来自远方,
双双飞进密林里面,
它们想在林中长久居住,
在这里生育雏鹰度过夏天。
挑选一棵高大的橡树,
在树顶开始把鹰巢修建。
一只田鼠闻听此事,
鼓足了勇气向鹰王进谏。
它说这橡树不宜筑巢,
因为树根已经腐烂,
橡树随时有倾倒的危险,
奉劝鹰王筑巢另选地点。
身为鸟中之王
哪爱听来自洞穴的声音?
更何况是小小田鼠的意见!
鹰王双眼锐利如电,

为什么不颂扬称赞?
竟敢来搅扰鹰王的决策,
小小田鼠何其大胆!
对于这进谏者不必理睬,
重要的是抓紧筑巢的时间。
鹰王加速修建,
王后的新居如期修完。
雌鹰生了雏鹰,
诸事称心如愿。
后来呢?一日霞光满天,
鹰王从云端飞向家园,
携带着猎获的丰盛早餐。
突然,它发现
橡树——倒了,
雌鹰和雏鹰砸死在树干下面。
一阵心痛,天旋地转,
鹰王喃喃说道:
"真惨!
命运惩罚了我的高傲,
怪罪我拒绝聪明的劝谏。
可谁又能够料到,
渺小的田鼠竟有真知灼见!"
地穴里传出
田鼠的答话声:
"假如你对我不是那样蛮横,
你就可能想到我在土里挖洞,

我离树根很近，
树木有病没病，
我最知情。"

卷 四

四 重 奏

调皮的猴子、驴子、山羊和笨熊,
异想天开要把四重奏演出,
弄来了大提琴、中提琴、两把小提琴,
它们居然还搞到了乐谱,
坐在椴树下面的草地上,
为人们表演绝妙的艺术——
敲敲打打吱吱呀呀乱糟糟一塌糊涂。
猴子喊叫说:
"弟兄们,打住!打住!
哪能这样演奏?
你们坐的位置有错误。
熊拉大提琴该和中提琴面对面,
我是第一提琴手,
和二把手对坐算一组。
照这样演奏,曲调准会大变样,
高山和森林都将随着曲子跳舞。"
它们按猴子的提议坐好,
演奏再次开始,音调仍旧乱糟糟。
驴子高声叫:

"停停！我把窍门找到了,
咱们坐成一排,演奏必定奇妙。"
照驴子的意见规规矩矩坐成一排,
它们却依然奏不出美妙的曲子来。
为了把座位顺序弄个明白,
它们你喊我叫越吵越厉害。
听见它们的吵闹声,飞来一只夜莺。
它们向夜莺求教,以便把疑问澄清:
"你瞧,
为保证四重奏的演出效果,
足足有一个时辰我们耐心琢磨,
我们乐器齐全,乐谱也不短缺,
只求你指点指点,座位该怎么排列?"
夜莺回答它们说:
"音乐家必须有高明的技巧和听觉。
朋友们,不论你们怎么坐,
要当音乐家,终究不适合。"

四重奏

树叶和树根

一个美好的夏日,
树叶和清风正窃窃私语,
树叶把树的阴影洒向山谷,
夸耀自己苍翠茂密。
树叶向清风这样说:
"峡谷里数我们美丽,
靠我们树叶树木才葱茏蓬勃,
才枝丫繁多气势煊赫,
这难道不千真万确?
真的,我们自我赞美绝非罪过!
难道不是我们
驱散夏天的酷热,
阴凉清爽笼罩着牧人、旅客?
难道不是我们俊俏妩媚,
吸引牧女来这里舞蹈娱乐?
披着晨光和晚霞,
夜莺在我们身旁纵情唱歌。
就连你们习习清风,
也舍不得与我们分离片刻。"

地下传来的声音，
温和地提醒树叶：
"不妨对我们也说一声谢谢。"
树上的叶子一阵吵闹，
哗哗作响开口说道：
"什么人说话这么蛮横高傲？
你们到底是谁？
敢这么粗鲁地跟我们争吵？"
从下面传来回答的声音：
"莫非你们真不知道——
我们在黑暗中忙碌着供养你们？
我们是你们赖以繁荣的树根。
幸运时刻你们尽可炫耀，
但请记住我们之间的区别：
新叶子生长在新春季节，
可是树根一旦枯萎——
树没了，还有什么树叶！"

狼和狐狸

自己不要的东西,
我们情愿送礼。
现在我来讲一则寓言,
因为半遮半掩的真理,
接受起来更容易。

狐狸吃鸡吃了个饱,
又把上等鸡肉贮藏好,
傍晚卧在草垛下边打个盹,
忽见一只饿狼踽踽跚跚过来了。
狼说:"亲家,真糟糕!
跑了个周遭连块骨头都找不到,
饿得我头晕眼花肚子咕咕叫。
猎犬凶得很,
猎人没睡觉,
看来我只好去上吊!"
"真的吗?"
"真的,不开玩笑!"
"可怜的亲家,

你要不要干草?
这有整整一垛,我愿为你效劳。"
狼亲家急需的却不是草,
它想弄点肉尝尝才好。
可狐狸闭口不提鸡肉,
甚至不透露一根鸡毛,
这只倒霉的灰狼,
耳朵里响着亲家甜蜜的声音,
不得不空着肚皮回家睡觉。

风　筝

风筝在云端,
蝴蝶在峡谷,
风筝俯视蝴蝶打招呼:
"蝴蝶,信不信?
我看你似有若无。
遥望我飞到如此高度,
你心里必定分外嫉妒。"
"嫉妒?说实话,
一点也不!
你大可不必如此自负!
纵然飞得高,还被绳拴住。
像你这样生活,亲爱的,
永远得不到幸福!
我诚然飞得不高,
却飞向心爱的去处;
再说我一辈子不会像你,
为他人无聊的娱乐,
翩翩起舞。"

风 筝

天鹅、梭鱼和青虾

伙伴心不齐,
办事不顺利,
结局准不妙,
必定一团糟。

有一回,
天鹅、梭鱼和青虾,
同把车来拉。
车上的货物并不重,
三个拉套拼了命,
那辆货车却一动也不动:
原来天鹅冲着云彩飞,
青虾步步朝后退,
梭鱼一心奔河水。
究竟它们谁是又谁非?
不用我们来评说。
反正货车没拉动
直到如今没动窝。

天鹅、梭鱼和青虾

椋 鸟

人,才能各异。
有的却艳羡他人的成绩,
对于力不从心的行当,
也去盲目学习。
我建议:
做力所能及的事情,
干出个圆满的结局。

有那么一只椋鸟,
自幼学习唱歌,
唱得活像金翅雀,
仿佛它天生就是一只金翅雀。
灵巧的歌声令森林为之欢悦,
每只鸟儿
都乐于把它称道。
换只鸟儿也许会心满意足,
不幸,椋鸟是只嫉妒鸟。
它听人家纷纷赞美夜莺,
心里想:

"朋友们,等着瞧!
我照夜莺的歌谱唱得同样好!"
椋鸟当真唱了起来,
可曲子出口十分蹩脚:
一会儿吱吱尖叫,
一会儿喑哑变调,
一会儿咩咩连声像只羊羔,
一会儿喵呜喵呜像只小猫,
它的演唱
吓跑了围观的百鸟。
可爱的椋鸟!
模仿夜莺又有什么好?
与其学夜莺唱得这么糟,
哪如学金翅雀更美妙!

池塘与河流

池塘对附近的河流说道:
"不论什么时候向你张望,
你总是不停地流淌,
好姐姐,难道你不累得慌?
再说,我几乎天天看见,
你载负着沉重的轮船,
还有连成串的木排,
更不用说独木舟与小船:
来来往往,数也数不完。
什么时候你抛弃这样的生活?
换了我,定会无比厌烦。
和你相比,我的命运好得多!
当然,我并不显赫,
在地图上不能穿过整整一页,
也没有弹唱诗人赞美我。
可名声再大是空的!
看我的岸边有细软的淤泥,
我就像躺在羽绒床上的小姐,
温馨安适,怡然自得。

我从来不受轮船、木筏的惊扰,
甚至没有舢板在我这里停泊;
更多的时候是微风吹来,
水面上漂浮落叶。
哪里去找这么安逸的生活?
风从四面八方吹来,
我一动不动,透过梦境,
观察忙碌喧嚣的、
充满哲理的世界。"
"既然提到哲理,你可懂得规律?"
河流回答池塘说,
"水只有流动才能保持鲜活!
正因为我抛弃了安逸,
遵循这一规律,
我才成了一条浩浩荡荡的大河。
因此我年年岁岁,
水量丰沛,水质清洁,
由于为人们带来好处,
我赢得了荣誉,人们赞美我。
大概我还会流淌几个世纪,
而你,用不了多久,
就会被人们忘却。"
这些话已经应验:大河至今流淌;
可怜的池塘逐年淤积,
长满了水藻和水草,
最终变得完全干涸。

对社会无益的才华，
会逐日枯萎，最终凋谢；
一个人一旦沉溺于懒惰，
他的能力就再难能振作。

特里什卡的长衫

特里什卡的长衫双肘已破烂,
何必犹豫不决?
他顺手拿起针线。
把两条袖子统统截去四分之一,
再把肘部缝好,长衫就算补完。
虽说胳膊也露出四分之一,
为这些小事何苦自讨忧烦?
但人们把特里什卡传为笑谈。
特里什卡说:
"我可不是笨蛋!
我可以把袖子接得比原来还长,
我能弥补现有的缺陷。"
嘿!我们的特里什卡不简单!
裁下了前襟后摆重新补长衫,
袖子接得长又长,
特里什卡好喜欢,
虽然长衫穿在身,
比个坎肩还要短。

有些老爷如今也是这样：
事情弄砸了，自己去纠偏，
你就等着瞧吧——
他们正穿着特里什卡的长衫。

机 械 师

有个年轻人买了一座大房子,
房子很老,但盖得很结实,
设施齐全,住着舒适,
这房子让他挺满意。
只有一点不方便——
就是离水源比较远。
年轻人心想:"没关系!
既然房子属于我,
怎么改造是我的权利。
我要用机械把房子移到河边,
(显然,年轻人是个机械师!)
只消先把房子的基础掏空,
在下面安装好几个轮子,
然后再运用绞盘与滑板,
想把它移到哪里就移到哪里。
再者说这是没有先例的创举!
当我移动房子的时候,
一定要有音乐伴奏;
我跟朋友们在房子里饮酒作乐,

乔迁新居,就像乘坐四轮马车。"
这愚蠢的想法让机械师着了迷,
他马上动手付诸实施:
雇来了许多工人,挖呀,掘呀,
花费多少金钱和精力都不可惜。
但那座房子无论如何拉不动,
到最后,稀里哗啦散了架,
是那座老房子的结局!

很多人中间,
有一些念头,
比这更愚蠢、更危险!

大火与钻石

在万籁俱寂的午夜,
一颗小火星变成了熊熊大火,
滚滚烈焰烧毁了许多房舍。
一枚钻石在慌乱中失落,
躺在路边,蒙着灰尘,
它的闪光十分微弱。
大火对钻石说:"在我面前,
你的微光多么可怜!
离得很近,才能把你发现,
借助我的火焰或阳光,
才能把你和玻璃、水珠
加以分辨!
且不说随时降临的灾难:
一绺头发的缠绕,
毫无用处的碎布片,
就能把你的光泽遮掩!
然而我要是勃然大怒,
用火焰包围房屋,
那就无论谁也阻拦不住!

人们想方设法要扑灭大火,
对此我予以蔑视;
呼呼有声我把一切烧成焦土!
我的火光直冲云天,
让四面八方感到恐怖!"
钻石回答说:
"和你相比,我光泽微弱,
但我从不祸害人类,
因此谁也不会谴责我。
只有嫉妒的人,
不喜欢我的光泽。
你火光熊熊,一味毁坏,
当所有的力量联合起来,
不管你多么猛烈,
都会把你扑灭!"
这时候人们全力来灭火,
到凌晨只剩下焦臭和黑烟;
钻石很快被人发现,
光彩闪烁装点了皇冠。

隐士和熊

困境中有人相助固然可贵,
但并非人人都会扶危解难:
千万不要和蠢人产生瓜葛!
殷勤的傻瓜比敌人更危险。

有个人无亲无故生性孤僻,
远离城市住在荒野,
不管把荒野写得多么美好,
可并非每个人都能独自生活:
我们愿有人分担忧愁共享欢乐。
有人也许对我说:
"那里不是有草地,有密林,
有潺潺溪水,有丘陵山坡?"
"风光很美,你说得不错!
可无人说话,毕竟太寂寞。"
这位隐居的修道士,
感到实在太孤寂,
于是他走进了大森林,
想随便找个朋友做邻居。

森林里还能碰到谁?
除了狼就是狗熊。
隐士果真和一头黑熊相遇,
没有别的办法,
只好脱帽向新邻居行礼;
黑熊也伸出熊掌向他致意,
你一言我一语互相攀谈,
由认识到熟悉成了朋友,
再到后来彼此不能分离,
每天从早到晚在一起。
他们俩常谈些什么话题,
是爱讲故事,还是爱开玩笑,
他们究竟怎么闲聊,
至今我也不知道。
隐居的修道士少言寡语,
狗熊米什卡天生沉默,
他们的小屋里听不见争吵。
不管怎么说,隐士很高兴,
感激上帝赐给他个好朋友。
处处跟随熊,离开就烦闷,
他对狗熊总是夸也夸不够。
有一天,天气炎热,
他们俩忽然想去漫游,
去松林草地,去山坡山沟;
人的身体本来比熊就弱,
隐士只能跟在熊的后边走,

走了不久,就觉得疲倦,
落在熊后边越走越慢。
见此情形,懂事的熊说道:
"兄弟,你躺下休息休息,
不妨打个盹儿,如果你愿意,
反正没有事儿,我来守着你。"
隐士听从了劝告,
躺倒在地,打了一个哈欠,
随即进入了梦乡。
当警卫的狗熊可没有闲着,
它看见一只苍蝇
落在了朋友的鼻梁上。
它挥着熊掌去轰,
再一看,
苍蝇落在了面庞,再次驱赶,
讨厌的苍蝇又飞上了鼻梁。
熊对苍蝇越来越烦,
瞧米什卡不言不语,
用两只前掌抱起一块大石头,
后腿下蹲,屏住呼吸,
它想:"别嚷,看我怎么收拾你!"
等苍蝇落在朋友的脑门儿上,
熊举起石头用力砸过去!
这一下真准,砸得脑浆迸溅,
让隐士永远留在那里长眠不起!

花

房间富丽堂皇,窗口敞开,
几只瓷花瓶五彩斑斓,
和真正的花朵摆在一起,
假花炫耀自己美丽出奇,
左右摇晃,神态傲慢。
忽然,
空中洒落雨滴,
假花急急忙忙向神灵祷告,
祈求宙斯不要下雨,
并对雨水说出诅咒的话语:
"宙斯!请停止降雨吧!
雨水又有什么用?
它是世界上最讨厌的东西!
看,下雨路难行。
到处是水洼,遍地是泥泞。"
可宙斯不理睬假花的哀求,
雨丝淅沥继续洒落大地,
驱散了酷热,
凉爽了空气,

大自然重新恢复了生机,
绿色世界仿佛更换了新衣。
这时候窗口上那些真花,
朵朵怒放,争艳斗奇,
经过雨水滋润,
变得更香更美更俏丽。
倒霉的假花从此失去了娇艳,
好像团团废垃圾,
抛在庭院无人理。

一个人真有才华,
必定能正视褒贬誉毁,
批评,无损天才的光辉;
只有假花,才怕雨水。

农夫与蛇

蛇请求农夫住进他的家里,
俗话说:劳动挣的面包才好吃,
因此,蛇不想白白居住,
它愿意给农夫看孩子当保姆。
蛇说:"我知道,
在你们人类中间,
蛇的名声不怎么好。
自古以来就有传闻,
都说蛇生性残忍,
还说蛇不懂得报恩,
甚至说蛇类吞噬自己的孩子,
说它们坑害朋友、六亲不认。
这种种说法也许不错,
但我可不是那样的蛇。
从小时候起我没咬过一个人,
对于邪恶,我十分痛恨,
假如我知道,
没有舌芯子蛇也能生存,
我倒真想拔掉这根毒芯!

一句话,我不是毒蛇,我善良,
我会爱护你的孩子,请你放心!"
农夫听了回答说:
"即便你说的都是真话,
我也不能让你进我的家。
假如我允许
出现这样的先例,
一条所谓的好蛇,
会引来一百条毒蛇,
我们就将葬送所有的子女。
因此,我和你,好心的蛇,
决不能住在一起。
照我看,
你住到谁的家里都不适宜!"

父老乡亲们,你们可明白,
我说这些话的含义?……

农夫和强盗

农民添置家当,
从集市上买了奶牛、奶桶,
沿着乡间土路回家,
默默地走在柞树林中。
突然碰见了一个强盗,
农民被抢掠一空。
"完了!"
农民痛哭失声,
"你算是要了我的老命!
为买奶牛我筹划了整整一年,
这一天我苦熬着左盼右等。"
"得啦,别再跟我哭穷。"
强盗说着,动了怜悯之情,
"真的,我要牛不为挤奶用,
得,你可以拿回这只奶桶。"

好 奇 的 人

"尊敬的朋友,你好!你到哪儿去了?"
"刚刚参观了博物馆,在那里遛了半天。
我全都看啦,仔仔细细用心看,
实在令人惊叹!信不信由你,
把内容给你重说一遍,我简直没法办。
的确,那是个绝妙的博物馆!
大自然的造化真是无比奇幻!
什么样的飞禽走兽我没有看见!
多美的蝴蝶、甲虫、瓢虫、蟑螂、苍蝇……
有的像宝石闪光,有的比珊瑚鲜艳!
多小的小宝贝呀,有的甚至小过针尖!"
"你看见大象了吧?瞧它那副气派,
我想你准以为是碰到了一座大山!"
"难道真有大象?"
"真有。就在那座博物馆。"
"哎呀,老兄。实在抱歉,
大象嘛,我倒没有发现。"

狮 子 打 猎

狗、狮子,还有狼和狐狸,
有段时间竟然成了邻居,
瞧,它们彼此协商,
定下了这样一条规矩:
捕捉野兽相互配合,
平均瓜分捕获的东西。
详情细节我不清楚,只晓得,
是狐狸首先逮住了一头麋鹿。
狐狸向伙伴们派去信使,
请它们来均分这难得的猎物,
说真的,这次收获可谓丰富!
大家都来了,
狮子也已驾到,
分割猎物由狮子操刀,
揉一揉自己锐利的尖爪,
环视伙伴,它开口说道:
"弟兄们,咱们四个在一起。"
鹿被撕成四份,
分得干脆爽利。

"现在开始分配猎物,
注意啦,列位兄弟。
第一份归我是根据咱们的协议,
身为狮王,
我要第二份无须争议,
第三份属于我,因为我最有力气。
你们哪个敢把爪子伸向第四份,
就休想活着离开此地!"

马与骑手

一位骑手对马进行了严格训练,
他把马训练得唯命是从,
这匹马只听他的指挥,
骑手甚至不必动一动缰绳。
有一次马的主人说道:
"马这样温驯,戴嚼子大可不必。
真的,我想出了一个绝妙的主意!"
他解下了缰绳,骑马向原野奔去。
马儿感觉到了自由,
起初,它加快了步伐,
随后,扬头摆鬃开始奔驰,
仿佛成心使主人感到满意。
当马儿发觉已经没有任何束缚,
随即显现出刚烈的本性,
热血沸腾,怒目圆睁,
再也不听从骑手的口令,
四蹄翻飞,越过原野
由着性子尽情驰骋。
马背上那位可怜的骑手,

双臂止不住簌簌颤抖,
他试图再次抛出缰绳,
不料马跑得更急更猛,
马把骑手从马背上甩了下来,
它继续狂奔像猛烈的旋风,
它不辨道路,横冲直撞。
跌进了峡谷葬送了性命!
痛苦的骑手这时候说道:
"可怜的马呀,是我
把你推向了灾难!
假如我不从你身上解下缰绳,
我能驾驭你,你不会把我甩下马鞍,
你自己也不会死得这么凄惨!"

无论自由多么诱人,
享受自由必须有个界限,
对于人民说来,
自由,而缺乏明智的尺度,
同样会带来致命的祸患!

农民与河流

小河与溪流泛滥成灾,
造成了破产农民千家万户。
农民忍无可忍,
去向大河申诉。
大河容纳了小河与溪水,
要让它知道溪流的害处:
淹没了庄稼,
冲毁了磨坊。
糟践了牲畜不计其数!
那条大河水流平缓雍容大度,
两岸屹立着座座城市和高大建筑,
从来没听说它像小河那样可恶。
农民们私下议论,
大河或许会把小河约束。
可是走近大河一看,
他们如梦方醒恍然大悟:
河面上漂流的大半是他们的财物。
再不必白费时间白忙碌,
农民们面向河水频频注目,

然后相互望望,把头摇摇,
一个个踏上了回家的路。
他们边走边说:
"何苦白搭工夫!
怎么能指望大河去把小河惩处,
既然大河与小河总是瓜分赃物!"

好心的狐狸

射手射死了知更鸟。
这一场灾难到此结束倒也罢了,
不料,知更鸟还有三只雏鸟儿,
它们成了孤儿再没有妈妈照料。
小鸟刚刚出壳,软弱无力,
叽叽喳喳,呼唤妈妈,
一声一声悲哀地鸣叫,
然而叫也徒劳。
鸟巢下面的石头上蹲着只狐狸,
它开口对众鸟说道:
"看着这些可怜的小鸟,
谁能不心疼?
哪一个能不同情?
列位好心的鸟,别抛弃这些雏鸟,
哪怕给它们一粒粮食也好,
再不然给它们的巢里添一根草,
你们这样做是爱惜生命,
有什么能比慈善事业更崇高!
杜鹃啊,瞧,恰巧你正在换毛:

顺便多拔几根岂不更好?
用你的羽毛为它们铺成褥子,
不然那些毛也是白白丢掉。
还有你呀,高空的百灵,
你一直在嬉戏,在翻腾,
你最好去草地、去田垄,
为可怜的小鸟寻找昆虫。
还有你呀,斑鸠,你的孩子
一个个都已经长大,
它们能自己觅食,你不必牵挂,
自有上帝照看它们,
你最好离开自己的家,
飞到这里来给小知更鸟当妈妈。
燕子啊,你快去捕捉斑蚊,
让这些孤儿能饱餐一顿。
至于你呢,可爱的夜莺,
你知道最动人的是你的歌声,
当清风轻轻晃动着鸟巢,
你最好唱支歌儿伴它们入梦。
你们都听我说,让我们证明,
森林里也有善良的心灵……"
狐狸的话还没有说完,
三只小鸟已经饿得头晕目眩,
从窝里掉下来,正掉在狐狸身边。
狐狸怎么样?立刻吃了三只小鸟,
不再鼓吹它的慈善。

读者啊,你不必惊奇!
人是否真正善良,不在词句。
善良的人默默行善,
谁把善良挂在嘴边夸夸其谈,
不过是借助他人表示慷慨,
而且他自己的利益不受损害。
这种人的言谈话语,
完全像这一只狐狸。

野兽聚会

不论制定出怎样的法规条律，
只要法律操在无耻之徒手里，
他们总能够时时乘隙钻空，
随心所欲地施展阴谋诡计。

狼求狮王恩准去监督羊群，
凭着干亲狐狸的周旋效力，
就连狮子王后也耳闻狼的美誉，
可狼在世上毕竟声名扫地，
为避讳公众指摘狮王任人唯亲，
于是传旨召集野兽开全体会议，
以便广泛征询走兽的意见，
让它们讲一讲狼的德行或劣迹。
一道令下：
全体野兽一律出席！
会上发言的顺序依照官衔高低，
反对狼的言辞竟听不到一句，
狼当羊群监督于是形成决议。
绵羊们会说些什么呢？

想必它们也曾奉旨出席。
问题恰恰就在这里!
绵羊嘛,已经被上司忘记,
虽然最该问问它们愿不愿意。

卷 五

杰米扬的鱼汤

"请喝吧,亲爱的邻居!"
"好邻居,我饱了,
再也喝不下去。"
"再来一盆,请吧!没关系!
啊,上帝!瞧瞧这鱼汤。
多好的烹调手艺!"
"我已经喝了三盆。"
"得啦!何必计较数字!
但愿你有旺盛的食欲。
喝光这一盆,对你身体有益!
鱼汤多香!多么肥美!
表面油腻像琉璃。
请吧,我最知心的朋友!
给你鳊鱼,给你鱼肠,
再添上一块鲟鱼,
哪怕再喝一勺呢!
妻呀!请你向客人表示敬意!"
杰米扬如此款待他的邻居,
他不让福卡有片刻停息,

福卡的脸上已经汗水淋漓。
不过他尽了最大努力,
又端起一盆强咽下去。
杰米扬大叫大嚷:
"啊!好朋友!我真爱你!
听我的,再来上一盆!
有人摆架子,我倒看不起。"
不论可怜的福卡多么爱喝鱼汤,
他绝没有料到今天会这么晦气。
一把抓住腰带和帽子,
他头也不回朝家里跑去。
福卡再不登杰米扬的门槛儿,
恰恰就从这一天起。

走运的作家,
纵然你才气冲天,
如果你不善于适时缄默,
不让人家的耳朵有片刻清闲,
那么你将发现,
你的散文和诗篇,
比杰米扬的鱼汤更加令人生厌。

小耗子和大老鼠

小耗子跑来向大老鼠报喜：
"邻居，告诉你个好消息！
听说狮子抓住了猫，
这一来可该咱松口气。"
大老鼠回答小耗子：
"亲爱的，你别过于得意，
这种消息没什么根据。
如果狮子真敢跟猫动手较量，
那它肯定会一败涂地。
猫凶猛厉害举世无敌！"

我多次见过这种事例：
胆小鬼害怕什么东西，
就以为这可怕的怪物，
能让全世界感到恐惧。

黄雀与白鸽

逮鸟的笼子噗的一响
捉住了一只黄雀儿,
可怜的小鸟在笼里左撞右跳。
小白鸽挖苦黄雀说道:
"大白天掉在笼子里真不害臊!
人们要这样骗我可办不到,
对这一点,我敢担保……"
可是,瞧瞧!
话音未落,鸽子也陷进了圈套。
这才叫现世报!
小白鸽,
再不幸灾乐祸把人家嘲笑。

潜水采珍珠的人

古代有个国王陷入了深深的疑虑:
有学问是利大于弊还是弊大于利?
学识会不会让人心涣散,
使人怯懦,丧失勇气?
把所有的学者统统驱逐出境,
这种决断是否明智?
这国王想保持王位的荣誉,
他真心看重臣民的利益,
不想匆匆忙忙做出决定,
过于任性或过于偏激——
因此他决定召开一次会议,
与会者皆可直言不讳,
但是要讲得有理有据,
正式亮明观点,反对还是同意:
是让学者们仍然留在国内,
还是把他们统统驱逐出去?
会议讨论了很久,
有的人阐述了自己的见解,
有的按秘书写的稿子照本宣科,

众说纷纭,陷入混乱,
弄得国王头脑发昏犹豫不决。
有人说:没有学问就是愚昧,
既然上帝给我们智慧,
是为了让我们能把天意领悟,
造物主想让人类聪明,
胜过那些不会说话的动物,
依据造物主的目的判断,
学问能把人引向幸福。
另外一些人则一再强调说,
学问只能使人趋向堕落:
因为一切学问都是梦呓,
正是学问损害了道德,
也正是由于教育的危害,
古代最强大的王国才归于毁灭。
简而言之,双方争执不下,
其中有真理也有谬论邪说,
写出的文稿堆积如山,
但关于学问的争论却没有完结。
国王进一步采取了措施,
从四面八方召集有识之士,
让他们继续评判学问的利弊。
然而这办法也不见效,
原来国王给了他们高额的薪俸,
争论成了他们的财源,
因此他们乐意无休止地论争;

如果依照他们的心愿,
他们巴不得拿着国家的俸禄,
各执己见永远争辩。
但国王不能拿国库开玩笑,
一发现弊端他就把会议解散。
然而国王的疑虑仍悬而未决;
有一天他离开王宫漫步到原野,
他看到面前
有个隐居的修道士,
长着灰白的大胡子,
一部厚厚的书籍捧在手里。
隐士的目光庄重,但并不忧郁,
嘴角上挂着微笑,
和蔼慈善、彬彬有礼,
前额的皱纹刻有沉思的痕迹。
国王和隐士攀谈,
发现他有渊博的学识,
就请求这位智者为他解除忧虑:
学问是利大于弊还是弊大于利?
长者回答说:"国王啊!
请让我给您讲一个小小的寓言,
这个故事我想了很多年。"
他稍做停顿,接着讲述,
"很久很久以前在印度,
大海边住着一个渔夫,
留下三个儿子,他死了,

漫长的一生贫穷而又痛苦。
三个儿子看到,
像爹一样撒网打鱼还得受穷,
他们对这一行已经厌恶,
兄弟仨想从大海里索取供品,
不要鱼,而要珍珠!
他们都擅长游泳,都会潜水,
他们缴了该缴的税,
就开始了新的营生,
不过,兄弟仨收获大不相同:
其中的一个最为懒惰,
一天到晚在海边游逛,
他甚至不愿意弄湿双脚,
就盼望大海的波浪
把珍珠卷到沙滩上。
由于他太懒,
日子过得非常艰难。
另一个兄弟
一点儿也不怕艰苦,
他善于依据自己的能力
选择适当的深度,
潜到海底采集了大量的珍珠,
从此他过得日益富足。
第三个对于珍宝特别贪婪,
他自己暗自盘算:
'虽然海岸附近可采到珍珠,

但更多的宝贝在深海里面,
无数的珍珠、玛瑙和珊瑚,
在深深的海底堆积如山,
任何珠宝不会自动到手,
为采集奇珍异宝就必须冒险!'
这鲁莽的家伙财迷心窍,
随即乘船驶向辽阔的大海,
他选择的深海黑浪汹涌,
不顾一切跳入海中;
然而他并没有潜到海底,
就被漩涡所吞没,
他为鲁莽付出了自己的性命。"
智慧的长者最后说:
"国王啊!依我看,
虽然说学问是高尚德行的源泉,
但也是野心家自取灭亡的深渊,
与潜水采珠有一点不同:
狂妄的采珠者自取灭亡,
而野心家总有许多随从,
会跟他一起毁于劫难!"

女主人和两个女仆

从前有个老太太,
总爱吵闹唠叨,持家很严,
她有两个年轻的女仆,
从早到晚纺线手不停闲。
平日里忙碌,节日也得干活,
两个姑娘非常可怜。
老太婆总是嚷个不停,
白天女仆没有喘息的时间,
天不亮,别的人还在酣睡,
她们已经开始纺线。
有时候老太婆起得稍晚,
可她养了只公鸡实在讨厌:
鸡一打鸣,她就起床,
穿上皮衣,戴上风帽,
一边唠叨,一边喊叫,
走进女仆卧室把她们推醒,
推不醒,就用棍子敲。
女仆从美梦中惊醒,
再也不能睡觉。

跟主人能有什么办法?
可怜的姑娘皱眉头、打哈欠,
只好离开温暖的床铺,
尽管心里很不情愿。
等到明天,鸡一叫,
周而复始,又该重新忙碌。
老太婆又叫醒女仆,
催促她们赶快纺线。
女仆咬牙切齿骂那只公鸡:
"你个该死的东西!
你不叫,我们还能多睡会儿;
造孽的公鸡真该下地狱!"
两个姑娘找了个机会,
拧断了公鸡的脖子毫不怜惜。
后来的结果怎样?
她们原指望能够轻松一点,
不料,适得其反:
的确,公鸡再也不会打鸣,
除去了她们的心头祸患,
但是女主人总怕误了时间,
她们刚躺下,还来不及合眼,
老太婆就催促叫唤,
每次起床都比过去更早,
比鸡叫的时间大大提前。
这时节女仆觉得后悔:
她们是刚离火坑又跳进泥潭。

有些人也有相似的遭遇，
他们一心想摆脱不幸：
刚刚摆脱了一些忧患，
不料却陷入了新的困境。

石头和小虫

躺在庄稼地田里的石头,
对雨水冷嘲热讽:
"真是愚蠢透顶!哗啦啦乱蓬蓬!
瞧瞧,人们见了它还那么高兴,
倒把它当成贵宾一样欢迎。
充其量不过下了三两个时辰,
它到底干了什么有益的事情?
让人们也来了解了解我吧。
我躺了几百年,一向谦逊安静,
不管被扔到哪里,总是驯顺服从,
可没有人对我来感谢一声。
难怪有人咒骂这个世道,确实,
在这个世界上我看不出半点公平。"
"住口!"
回答石头的是条小虫,
"这场雨水虽然下得时间短促,
它却滋润了禾苗,解除了旱情,
使农民们重新燃起了丰收的憧憬;
可你呢,

只是块赘瘤埋在田地当中。"

有的人说话大言不惭,
吹嘘他供职已经四十余年,
可是跟这块石头一模一样,
他没有任何一点贡献。

管蜂房的熊

有一年春天,
野兽们推选熊当了蜂房总监,
也许选别的走兽更恰当,
因为熊对蜂蜜过于贪馋;
这决定似乎考虑得不周全,
然而野兽有什么理智可言?
很多走兽追逐这个肥缺,
一个个全都未能如愿;
说起来真是天大的笑话。
熊竟然交了红运升了官。
嘿!这一来出了桩盗窃案:
熊把蜂蜜偷得点滴不剩,
全部藏进自己的洞穴里边。
野兽们发现以后大吵大闹,
按照规定公开举行审判,
老滑头受到了法律制裁;
蜂房总监被撤职罢免,
判处它在洞穴里禁闭一个冬天。
依照判决,熊被拘捕入狱,

但被盗的蜂蜜却始终没有追还。
黑熊逍遥自在毫不介意,
躲进温暖的洞穴再不露面。
在洞中舔着蘸蜜的熊掌,
它有足够的蜂蜜以待来年。

镜子与猴子

长尾猴照镜子看见自己的面容,
它用脚轻轻地把熊碰碰。
猴子说:"亲爱的老兄,
你瞧瞧,这丑八怪多么可笑!
扭扭捏捏,蹦蹦跳跳!
我要是有一丁点儿跟它相像,
十有八九会愁得上吊。
不瞒你说,我有五六个干亲,
谁看见了都会恶心,
掰掰手指头我能数出它们。"
"最好还是说说自己,
何必费心数你的亲朋?"
熊给猴子提出劝告,
可猴子听了只当耳旁风。

世界上有很多这样的事例。
谁也不愿意在讽刺中认出自己。
就在昨天我还亲眼见到,
手头不干不净的克利梅奇,

接受贿赂引起了街谈巷议,
可是他却盯着彼得不停地摇头,
示意是彼得玩弄了贪污把戏。

镜子与猴子

蚊子与牧人

让猎犬守护羊群,牧人睡在树荫
见到这种情景,毒蛇爬出了丛林。
芯子吞吐,渐渐逼近牧人,
十有八九,牧人难以生存。
有只蚊子对牧人非常怜悯,
用尽气力叮咬那贪睡的人。
牧人惊醒了,
结果了蛇的性命,
可是蒙眬之中他首先抓住了蚊子,
于是这可怜虫倒成了屈死的冤魂。

世界上有不少类似事例,
弱者想提醒强者面对实际,
尽管弱者出于一片诚意,
而其下场不外蚊子的遭遇。

农夫与死神

一生辛苦瘦小枯干的老汉,
上山打柴冒着冬天的严寒,
背着柴火慢慢走向他的小屋,
柴捆沉重压得他长吁短叹。
走啊走啊,感到疲倦,
老汉停下脚步,
把柴捆卸下肩头放到地面,
他坐在柴捆上,喘一口气,
不由得想起了生活的艰难:
"我多么穷啊,我的上帝!
妻儿老小,缺吃少穿,
没完的地租、赋税、人头税要捐……
我这一辈子活在世上,
什么时候才有快活的一天?"
垂头丧气,抱怨命运不济,
农夫把死神呼唤,
而死神离得不远,
立刻在他的身后出现。
死神问:"喊我做什么,老汉?"

一看死神面目狰狞,
可怜的老头儿吓得声音发颤:
"我喊你,请别生气,
求你帮我把柴捆扶上肩。"

从这则寓言
我们能明白一个道理:
生活虽然艰难,
可死亡却更加叫人恐惧。

骑　士

古代有个骑士,
向往伟大的冒险经历,
准备去厮杀闯荡,
跟法师比武,与精灵为敌。
骑士披上了铠甲,
一声吩咐牵来了战马,
在跨上马鞍之前,
他认为有责任向战马训话:
"忠诚的骏马,请听我说,
过原野、翻高山、穿密林,
骑士的法则指引我们,
目视前方,疾速飞奔,
你要开辟一条道路,
直抵光荣殿堂的大门!
当我扫平了野蛮的土著,
当我迎娶了中国公主,
当我把两三个王国征服,
到那时,我的朋友,
我不会忘记你的辛劳,

我和你分享全部荣耀,
再令为你建造马厩,
修得像宫殿一样美好;
夏天让你去牧场随意吃草。
至今你还不熟悉燕麦,
到那时我们有数不清的草料,
燕麦由你随便吃,
你还能尝尝蜜酒的味道。"
骑士说完,跃上马鞍,
不料,马儿哪里也不去,
径直朝着马厩奔跑。

影子和人

有个怪人想捉住自己的影子:
他向影子扑去,影子向前一跳;
他加快了脚步,影子走得更快;
最后这个人飞快地奔跑。
他越跑得急,影子疾速跳跃,
影子像个宝,怎么也抓不到。
怪人突然转身往回返,
扭头一看,影子跟在他身后边。

诸位美人,我多次听说:
你们多心,以为说的是你们!
不,这和你们不相干,
戏弄我们的是命运女神;
有的人极力追求幸福,
枉费了时间,白付出艰辛;
另一个似乎逃避机遇,
可命运女神偏偏给他好运。

农夫与板斧

盖木房的农夫抱怨板斧,
板斧钝了,
他十分恼怒,
明明自己使用斧子不得要领,
可板斧却落得一无是处。
想骂就骂,他总是理由充足。
有一天农夫叫道:
"废物,
今后你只配劈木桩砍树。
凭着我的体力和技术,
凭着我有的是空闲工夫,
你记住,没有你
我干活照样能够对付,
我发誓用一把普通的刀子,
造一栋别人造不成的木屋。"
听完主人恶狠狠的咒骂,
板斧温和地回答:
"遵照你的吩咐,
我的职责是砍削圆木,

你现在决定用刀不用斧,
主人,
一切听从你的摆布。
我仍然愿尽力为你服务;
只是你要考虑周到,
免得日后吃苦:
平白无故用钝了板斧,
反正用刀子造不成木屋。"

狮子和狼

狮子收拾羊羔做早餐,
一只小狗崽,
围着兽王的餐桌转,
从狮子的利爪下边,
悄悄地撕下肉一片。
狮王既不怪罪,也不厌烦:
狗崽子嘛,胎毛未退乳臭未干。
一只狼见此情景心头一闪:
狮子性情这般温和,
想必是外强中干,
狼把爪子伸向羊羔,
啊!没承想结局好悲惨。
它自己倒成了兽王的菜一盘。
狮子把狼撕成碎片,
自言自语地说道:
"朋友,模仿狗崽,
你算瞎了眼!
休想我对你会同样恩典!
狗崽是笨蛋,而你却不然!"

狗、人、猫、鹰

一条狗,一个人,还有猫和鹰
相约做朋友,起誓结盟:
对友情要持久、真挚而且忠诚。
他们共住一间屋,
几乎总是同桌进餐,
一致说定患难相依、欢乐与共,
互相帮助,互相爱护,
必要时不惜为朋友牺牲性命。
有一天一起外出打猎,
朋友们远离住地来到了山中,
他们疲惫不堪停在溪边休息,
或躺或坐已经睡意蒙眬。
冷不防,丛林中蹿出一只熊,
张大嘴巴扑过来气势汹汹。
一见大难临头危急万分,
猫奔向森林,鹰展翅腾空,
人,眼看着就要丧命。
忠实的狗,
猝然扑向猛兽,

一下子死死叼住了黑熊,
不管熊怎么样狠狠撕打,
不怕熊发出吓人的吼声,
狗吊在它身上牙不放松,
直等到咬住了熊的骨头,
直到它自己闭上了眼睛。
人呢?说来实在丢脸!
并非每个人都比狗忠诚。
正当狗缠住黑熊拼死搏斗,
那个人却乘机捡起了猎枪,
失魂落魄逃得无影无踪。

口头上的友情美妙而且动听,
真正的朋友却结识在患难中。
这种患难知交世上罕见,
常见的倒是上述的情景。
如同忠诚的狗被人抛弃,
被救的人一旦脱离险境,
对遇难的朋友非但不管,
反而到处对人家诅咒连声。

痛风病与蜘蛛

痛风病和蜘蛛都是冥王所生；
拉封丹在人间传播了这个消息，
我不想跟随他再去评论，
这说法是不是符合实际。
拉封丹眯缝着一双眼睛，
他认为对寓言故事无须怀疑。
因此我们尽可以相信，
蜘蛛和痛风病是冥王的子女。
兄妹俩渐渐长大，
已经到了该独立谋生的年纪，
尽管父亲生性和善，
但子女过多毕竟也负担不起！
于是父亲打发他们到人间，
他说："孩子们，去吧，
到人世间去分占地盘！
我对你们寄予厚望，
千万不要给我丢脸，
你们俩都要保持我的威严，
世人对你们既恐惧又厌烦。

你们从这里朝前看,
看你们将会有怎样的机缘——
看那边是简陋的茅舍,
稍远处是巍峨豪华的宫殿!
宫殿里敞亮、富丽、美满,
而茅舍里狭小、艰辛、贫寒。"
蜘蛛说:"无论如何我不去茅屋!"
痛风病说:"可我不需要宫殿。
就让我哥哥住在宫殿里吧,
我喜欢乡下,农村离药房很远;
要不然那些大夫
会从每一处豪宅里把我驱赶。"
就这样兄妹俩商量妥当,
一同来到了人间。
蜘蛛把自己的落脚之处,
安置在一所豪华的宅院:
为了尽情地捕捉苍蝇,
它把蜘蛛网悬挂在绣花的窗帘,
挂在金灿灿的房檐。
可是等到黎明它刚刚把网织好,
来了个仆人用扫帚一一清扫。
蜘蛛有耐心,搬到了壁炉附近,
不料,蛛网又被扫掉。
可怜的蜘蛛东躲西藏,
但是不管它在什么地方结网,
仆人的笤帚总能够找到。

蜘蛛网屡遭毁坏,
蜘蛛常常受到扫荡。
灰心丧气的蜘蛛离开了城市,
来到乡下把妹妹探望。
它想:"在村里它准像个女王!"
谁知到了乡下一看,
妹妹痛风病比它还要可怜:
患上了痛风病农夫照样割草、
照样砍柴、担水,什么活儿都干。
普通老百姓都明白,
得了痛风病决不能娇惯,
只有拼命地劳动,
才能摆脱疾病的纠缠。
妹妹痛风病说:"哥哥,
我再也不能在乡下生活!"
当哥哥的蜘蛛听了倒挺喜欢;
它当机立断和妹妹交换地盘。
蜘蛛爬进了农夫的茅屋,
再不必为笤帚扫帚提心吊胆,
它把蛛网挂满了角落和天花板。
痛风病告别了乡村,
立刻动身来到京城,
选中了一所最阔绰的宅邸,
让一个白发富翁得了病。
它仿佛上了天堂一般!
一天到晚摽着那个白发富翁,

躺在羽绒褥子上懒得挪动。
从那时候起兄妹俩不再见面,
全都忙着自己的事情,
它们都满意自己的处境。
蜘蛛在肮脏的农舍里随处结网;
痛风病让名人权贵纷纷患病。
总而言之,兄妹两个
各得其所,各逞其能。

狮子和狐狸

从小没见过狮子的狐狸,
头一次碰见狮子吓得要死。
过了一段时间,
又与狮子相见,
狐狸不再心惊胆战。
第三次见面,
狐狸甚至开始与狮子攀谈。

对有些人我们觉得害怕,
是由于对他们缺乏观察。

葛 藤

一株葛藤在园地里生长,
忽然缠住了一根光秃秃的木桩。
附近地里有棵小橡树,
葛藤指着橡树对木桩嘟嘟囔囔。
"这丑八怪有什么用处?
它们整个家族都没有长处可讲!
啊,它哪一点能跟您媲美。
您是亭亭玉立的小姐实在漂亮!
不错,它倒是披挂着树叶,
可是姿态多么丑!颜色多肮脏!
怎么大地连这种东西也会供养?"
然而刚刚过了一个星期,
主人劈柴砍断了木桩,
他把橡树移植到园地当中,
他的劳动符合自己的愿望:
橡树扎了根,枝繁叶茂蓬勃向上;
你瞧吧,葛藤
现在又缠住了橡树,
开始对橡树极力恭维大肆颂扬。

谄媚者的所作所为正是这样：
他对你无数次造谣、污蔑、诽谤，
无论你工作得多么尽心尽力，
要让他说句好话那算痴心妄想。
然而一旦你时来运转吉星高照，
他将第一个登门祝贺把你拜访。

大象受宠

大象偶然得到狮王的宠信,
这消息立刻传遍了森林。
按照惯例出现了种种猜测,
什么特长使大象沐浴王恩?
说不上相貌出众,说不上机敏过人,
瞧它那拙笨举动,瞧它那胖肉一身!
野兽们交头接耳议论纷纷。
摇着尾巴说话的是狐狸:
"大象的尾巴要这样蓬松美丽,
它受到恩宠我倒不会惊奇。"
黑熊接着狐狸发表议论:
"假如大象凭借利爪交了鸿运,
那大概谁也不会觉得过分;
我们知道大象根本没有利爪,
莫非它凭借长牙获得了信任?"
一头犍牛插嘴说道:
"怎么不考虑它有没有犄角?"
驴子开口发言,
长长的耳朵摇了又扇,

"这么说你老兄也不明白,
大象怎样才身价倍增讨人喜欢?
我呢,是这么判断——
没有长耳朵,它不可能得到恩典。"

乐于吹嘘别人,借以炫耀自己,
我们时常这样,虽然并不经意。

乌　云

大地受酷热折磨，
乌云翻滚着从天空掠过，
不用甘霖滋润原野，
却将暴雨倾入大海，
还对山岭吹嘘自己的慷慨。
山岭回答乌云说：
"你这样慷慨大方，
又能积下什么公德？
你若把雨水撒向田地，
能拯救一方灾民免于饥渴；
朋友，没有雨海水已经够多，
你怎么不痛心地看一看后果？"

诽谤者和蛇

指责魔鬼不讲道理,
这种责备未必公正;
魔鬼们常常注重真实,
我举个例子可作证明。
地狱中的诽谤者和一条毒蛇,
有一次都要参加隆重的游行,
他们互不相让都想走在前面,
一场竞争由此发生。
地狱里排列名次有个惯例:
谁作恶越多谁占据头名。
这场争执激烈而又持久,
诽谤者向毒蛇伸出了舌头,
毒蛇也吐出芯子耀武扬威,
声言对于污辱决不善罢甘休,
它用力一钻挤到诽谤者的前头。
眼见诽谤者落在毒蛇后面,
地狱的魔王当即插了手。
他对毒蛇的举动非常气愤,
抬手把毒蛇放在诽谤者的身后。

他亲自对诽谤者予以支持,
并向毒蛇说出了一番理由:
"虽然我也承认你毒蛇有功,
但诽谤者更有资格占据头名。
你很凶,毒舌能置人于死命,
离你太近,防不胜防十分危险,
你无缘无故咬人,
咬的人次数不清!
然而诽谤者的舌头,
能从遥远的地方喷射毒液,
哪怕隔着汪洋大海,高山重重!
你毒蛇可有这种本领?
因此说诽谤者比你更毒更凶。
你在他后边跟着爬行吧,
今后再不要对他愤愤不平。"
从此地狱里的诽谤者,
比毒蛇更受尊重。

命运女神与乞丐

一个沿街要饭的乞丐,
提着一个破旧的口袋,
不停地抱怨自己命运不济,
时常还觉得奇怪:
有些人住着豪华的房屋,
金银成堆,美满幸福,
口袋里装满了钞票,
他们却仍然不知道满足。
富豪们十分贪婪,
甚至到了无以复加的地步:
不惜丧失拥有的一切,
也要去追逐新的财富。
比方说,这一家原来的主人,
做买卖生意挺兴隆,
赚得金钱无数,如果就此罢手,
他一辈子会过得太太平平;
可是他把产业托付给别人——
春天他派商船出海航行,
原指望得到一座金山,

岂料船沉海底,他的全部财宝,
都葬送在大海之中!
如今,只有做梦,
他才是个富翁。
另外一个人曾经做过包税商,
家里积攒了上百万,
他还是嫌少:总想加倍翻番,
拼命捞钱,弄到后来破了产。
这样的例子真是成千上万。
真可谓:
不知分寸,物极必反!
恰在此刻,命运女神福尔图娜
出现在乞丐面前,
她说:"我早就有心帮助你,
我搜集了一堆金币;
金币随手撒,但是有条件:
落进口袋里是金子,
从口袋里掉在地上,
就会变成垃圾!
请当心,我愿提前告诫你:
我们的条件必须严格遵守,
你的口袋破旧,为了能够带走,
盛不了太多的金币。"
这乞丐兴奋得喘不过气,
飘飘然似乎双脚已脱离大地!
他张开口袋,慷慨的手

撒下金币,如同金色的雨。
口袋渐渐沉重起来。
"够了吗?""不,还不够!"
"可别撑破了。""撑不破口袋!"
"行了,你已像国王一样富有!"
"再来一点点,哪怕再来一把。"
"唉,够啦! 袋子马上要裂开!"
"再给一小把!"口袋撑破了,
流出来的金币顷刻化为尘埃。
命运女神已消失不见,
眼前只有一条破口袋,
乞丐依然还是从前那个乞丐。

蛤蟆和朱庇特

山下沼泽里有只蛤蟆,
春天里搬家上了山坡。
岩缝中有个布满青苔的角落,
它在那里搭成了小楼一座。
上有树荫笼罩,四周野草青青,
这新居简直像建在天国。
不过蛤蟆开心的日子并不太多,
夏天来了,
小楼格外炎热。
蛤蟆的别墅变得异常干燥,
苍蝇们脚不沾湿从楼顶走过。
蛤蟆开始在洞穴里祷告:
"神灵哟,可别毁了我!
请让洪水淹没大地漫上山坡,
请让我的住所里面,
清水汪汪永不短缺!"
蛤蟆不停地哀求,
末了竟然大骂朱庇特,
骂他不通情理心肠似铁。

朱庇特说话了,语气相当温和:
"疯子!你真爱哇里哇啦乱叫乱说!
我怎么能为你的奇怪念头,
去让千百万人遭受洪水的灾祸?
你搬下山去岂不更好?
山坡下面就是沼泽。"

世界上这种人很多,
他们除了关心自己,
对一切都极端淡漠,
做事只图自己便利,
至于世界呢,
哪怕发生一场大火!

狐狸建筑师

有只狮子是个养鸡迷,
可是它总也养不好鸡,
当然,这不足为奇!
因为出入鸡舍实在太容易,
有些鸡自己逃跑了,
有些鸡被人偷了去。
为了弥补损失、解除烦恼,
狮子想出了一个主意:
建一座规模宏大的养鸡场,
然后严加防范妥善管理,
从根上杜绝一切偷盗,
鸡住在里面保险宽敞又满意。
正巧这时候狮子得到禀报,
说狐狸是高级建筑师,
狮子把事情委托狐狸去办,
工程由始至终进展顺利。
建筑师使出了全套本领,
干得头头是道,叫人无可挑剔。
盖成的鸡舍漂亮无比!

再说那需用设备一应俱全：
食槽近便，有许多横木供鸡休息。
有舒适的房间专供防寒、避暑，
有僻静的小窝适合孵鸡。
狐狸受到了称赞赢得了荣誉，
捞到了优厚酬金一大笔。
狮子立刻发布一道命令，
让鸡群尽快迁入新居。
新建了鸡舍一定大有好处？
不！如同往常照样丢鸡，
虽然鸡舍看上去结实牢靠，
鸡场的篱笆又高又密。
鸡的数目却一天天减少，
谁也猜不透这祸害由何而起。
狮子增哨加岗提高了警惕，
捉住了偷鸡贼你道是谁？——
正是建筑师坏狐狸！
原来这狐狸盖鸡舍玩了花样。
别的偷鸡贼谁也不进去，
暗道活门它留给了自己。

诬 陷

我们平常出了什么差错,
总爱朝别人身上推卸罪责,
常常听人这么说:
"要不是他,我可不敢这么做。"
如果找不到什么人代己受过,
就说是受了鬼怪的诱惑,
可当时并没有什么妖孽。
这样的事例有很多很多,
现在我就给你们讲其中的一个:
据说东方某国有个婆罗门,
他口头上信仰虔诚,
生活中却言而无信,
显然,婆罗门当中也有虚伪的人。
这些暂且不提,单说这位婆罗门,
与别的僧侣大不相同,
其他婆罗门个个虔诚,
这个婆罗门却对教规怀恨在心,
他们的长老格外严厉,
婆罗门都谨小慎微恪守本分,

这个婆罗门暗自盘算,
在斋戒的日子里想偷偷吃荤,
他弄了个鸡蛋,等到更深夜半,
点亮了烛火,把鸡蛋烧烤,
凑近火苗转动鸡蛋,
目不转睛,心里琢磨鸡蛋的味道,
他自鸣得意,嘲笑长老:
"我的大胡子朋友,
我品尝鸡蛋,你可抓不到!"
不料,房门敞开,
忽然走进来长老,
长老厉声斥责,
物证俱在,婆罗门罪责难逃,
"宽恕我吧,圣洁的长老!"
婆罗门含着眼泪求饶,
"请求您饶恕我的罪孽,
怎样受到诱惑,我也不知道;
准是魔鬼迷住了我的心窍!"
这时候从壁炉后边,
忽然钻出个小鬼,
只听他大声呐喊:
"你不害臊吗?总是进行诬陷!
我倒是头一次亲眼看见,
并且向你学了一招——
怎么样在蜡烛上烤鸡蛋。"

命运女神来做客

我们当中谁升不了官发不了财,
总是抱怨命运女神福尔图娜,
不顺心不如意就把她咒骂,
细思量,其实往往怪我们自己,
没来由去责备她,
盲目的幸福在人世间游荡,
并非总是光顾官宦和帝王之家,
偶尔也会走进你的茅屋,
也许会在你的家里逗留做客:
当她接近你的时候,
千万不要把时机错过!

卷　六

狼 与 牧 人

一只狼来到牧人院旁,
绕着栅栏朝里面张望。
牧人们挑选了一头最肥的公羊,
平静地给它破肚开膛,
猎犬们温驯地卧在两厢。
狼很懊丧,临走时嘟嘟囔囔:
"朋友们,假如我吃一头羊,
你们准会嚷得震天响。"

杜鹃与斑鸠

杜鹃在树干上哀鸣。
树梢的雌鸽和蔼地跟它攀谈：
"亲家，你为什么这样伤感？
是不是因为逝去了春天，
也失去了爱恋？
空中的太阳越来越低，
寒冬就在我们眼前？"
杜鹃说："我很不幸，能不悲伤？
你不妨来做个评判人：
今年春天我曾经幸福地恋爱，
有了子女，当了母亲；
但所有的孩子都不认我，
白白操劳我该多么伤心！
当我看到一群雏鸭围着鸭妈妈；
母鸡一叫，小鸡雨点般朝它奔去。
我怎能不羡慕又妒忌！
如今我孤孤单单独自一个，
不了解子女的亲情，多么悲戚！"
"可怜的杜鹃！"雌鸽说道，

"我从心坎里对你表示同情,
孩子们要不爱我准会要了我的命,
但子女不顾父母也是常见的情景;
请问,你怎么养育子女?
几时修的鸟巢?我怎么没看见?
你总是飞到西来飞到东。"
"那么多美好的日子蹲在窝里,
不能四处游玩,实在讨厌!
那种做法太愚蠢!
因此我总在别的鸟窝里下蛋。"
一只斑鸠听了,
对杜鹃说道:"既然这样,
你还指望孩子对你产生依恋?"

天下的父母亲,
这寓言对你们是个教训。
我讲这个故事,
并非为子女辩解,
有些孩子不敬重双亲,
不孝顺——毕竟是罪过;
但如果子女成长离开了父母,
你把他们托付到别人手里,
等晚年得不到子女的安慰,
岂不是咎由自取?

梳　子

妈妈买了把密密的梳子，
用来给她的男孩梳头，
拿到这把新梳子孩子爱不释手。
不论学认字还是玩耍，
他总爱开心地梳理头发，
那卷曲的金发波浪起伏，
像羔羊的绒毛一般光滑，
柔软洁净又像细腻的亚麻。
这把新梳子该有多好！
不扎头皮，用来方便轻巧，
梳拢头发光滑而又平稳，
在孩子眼中它是无价之宝。
但有一天梳子忽然丢了，
孩子玩得入迷东颠西跑，
他头发蓬乱像一堆茅草，
保姆给他梳头他又哭又叫：
"我的梳子弄到哪儿去了？"
那把梳子最后总算找了回来，
插在头发里难以进退，

拉拉扯扯弄得孩子眼泪直流。
孩子喊叫说:
"啊!梳子,你真可恶!"
梳子回答:"我没变呀,朋友,
你的头发乱蓬蓬——实在糟糕。"
孩子听了又气又恼,
顺手把梳子抛进河水,
至今那把梳子还属于水妖。

人们对待真理也常常这样,
我一生多次目睹这种情形:
如果我们的良心洁白无瑕,
便觉得真理亲切而又神圣,
我们对真理尊重并且服从;
什么人一旦变得居心不正,
就把真理当成一阵耳旁风,
就好像一个孩子不爱梳头,
假如他的头发乱乱蓬蓬。

财迷与母鸡

财迷想把一切财物弄到手,
结果反把财产统统丧失,
相信这种事例世上不少,
但懒得花时间把例子寻找,
且听我来讲个寓言,
这寓言十分古老。

小时候念书,
我知道有个财迷,
这财迷不懂得任何一门手艺,
可是他的钱箱,
全都装满了金币,
原来他有只令人羡慕的母鸡。
母鸡下了许多鸡蛋,
鸡蛋个个是金的,
实在稀奇!
换一个人想必会欢天喜地,
庆幸自己逐渐富裕。
可这个财迷却嫌金蛋太少,

左思右想打主意：
宰鸡！
金库准在鸡肚里！
把鸡的恩惠抛在脑后，
他不怕造孽，不顾伤天害理，
财迷到底宰了鸡。结果呢？
掏出的鸡肠内脏平平常常不出奇！

两 只 木 桶

两只木桶一道走,
一只盛着葡萄酒,
另外一只,
腹内空空什么也没有。
瞧第一只木桶不声不响,
迈着小步走路不慌不忙;
另外一只,
连蹦带跳直往前闯,
弄得马路上隆隆如雷尘土飞扬。
行人们远远就听见它的喧嚷,
又惊又怕连忙躲在道路一旁。
可是,不管空木桶
怎样震天动地,
它却不如第一只木桶对人们有利。

谁对大家不停地自我吹嘘,
这种人想必没有多大出息。
一个人真有才干,

往往是寡言少语，
伟大的人物是以事业著称，
不动声色周密地思考问题。

阿尔喀得斯[*]

阿尔克墨涅之子阿尔喀得斯,
刚强无畏,出奇的英勇。
有一次在悬崖峭壁之间,
他走过一条险峻狭窄的小径,
忽然发现路上有只刺猬,
但是不是刺猬又看不太清。
阿尔喀得斯想用脚跟把它踩碎。
不料一踩那东西膨胀了一倍。
这勇士立刻怒不可遏,
抡起沉重的木棍用力一击,
眼瞅着那东西
样子改变,令人恐惧:
不断发胖、膨胀、增长……
成了庞然大物竟然把阳光遮蔽,
挡住了道路阿尔喀得斯过不去。
面对这个怪物,

---

[*] 阿尔喀得斯,即赫拉克勒斯,希腊神话中的英雄,父亲是宙斯,母亲是阿尔克墨涅。

他丢掉了木棍万分诧异。
危急时刻,雅典娜①突然降临。
她说:"我的兄弟,切勿触犯!
这怪物的名字叫作'纷争',
你若不去碰它——
它很渺小,肉眼几乎看不见;
如果谁不自量力想和它较量,
它就在诅咒声中渐渐膨胀,
变成庞然大物像一座山!"

---

① 雅典娜,希腊神话中的战争和胜利女神,宙斯的女儿,阿尔喀得斯的姐姐。

阿佩莱斯①和驴驹

什么人过分自我欣赏，
在别人看来非常可笑，
他自吹自擂自以为荣耀，
其实该为他的狂妄害臊。

画家阿佩莱斯碰见驴驹，
就请它到自己家里做客，
驴驹美得了不得！
它在森林里到处吹嘘，
对许多野兽夸口说：
"阿佩莱斯想念我，
这位画家仿佛为我着了魔！
瞧，只要一见面，
准请我做客。
朋友们，我发现，
他想照我的模样把飞马描摹。"

---

① 阿佩莱斯，公元前4世纪古希腊画家。

"不！我要画弥达斯①的评判，"
凑巧画家从旁边路过，
他立刻回答驴驹说，
"我只不过想参照你的样子，
来画弥达斯的耳朵。
十分荣幸，
既然你看得起我。
驴子的耳朵我虽然见过很多，
但是像你的耳朵这么出色，
不用说小驴驹比不了，
依我看许多老驴也不曾有过！"

---

① 弥达斯（公元前738—前696），古希腊弗里吉亚国国王，刚愎自用，擅长吹笛。一次，太阳神阿波罗和畜牧神潘比赛吹笛，请他评判，结果潘获胜。阿波罗恼羞成怒，惩罚弥达斯长出了驴子耳朵。

猎 人

人们做事常爱说:来得及!
不过,应当承认,这种论调,
与其说是头脑缺乏考虑,
毋宁说是由于懒惰的积习。
总之,有事该抓紧时间去做,
不然往往会坐失良机,
事后切莫抱怨命运不济。
我用寓言来说明这个道理。

猎人拿了猎枪、弹药和袋子,
领着他忠实听话的猎犬,
要到森林打猎去。
有人劝他在家里装好子弹,
他非但不听从劝告,
反倒说:"岂有此理!
这条路我非常熟悉,
来来去去连麻雀也碰不到一只;
到打猎地点要走整整一个小时,
装一百次子弹我也来得及!"

你说巧不巧?
刚刚离开住地,
仿佛命运女神跟他开玩笑,
只见一大群野鸭落在湖里。
如果当即开枪射击,
打中七八只轻而易举,
吃它一星期野味富富有余,
悔不该拒绝了别人的建议!
现在他手忙脚乱
赶装子弹,
没承想野鸭机灵而且警惕。
正当他心急火燎装枪的时刻,
野鸭嘎嘎齐鸣,
突然振翅腾空而起,
排成一线向林后飞去,
转瞬之间消失得了无踪迹……
猎人在林中连只麻雀也没找到,
东兜西转白落得力竭精疲。
说起来也真是祸不单行,
风云变幻,忽然下了一场暴雨。
袋子空空,跑回家去,
猎人淋成了落汤鸡。
不过,他并不责备自己,
口口声声只埋怨运气不济。

顽 童 与 蛇

顽童捉到一条蛇,
以为逮住了黄鳝,
定睛一看,吓得脸色大变。
蛇对顽童说:"听着,"
声调平静缓慢,
"假若你不学得聪明一点,
你不会总是轻易受到恕免。
这次上帝开恩;
下次当心,
要懂得
你在跟谁闹着玩!"

水手与大海

被狂涛巨澜卷上海岸,
水手昏迷了,他极度疲倦;
醒来以后,他开始诅咒大海。
"你这万恶之源!
你用狡诈的寂静,
把我们引诱到你的身边,
媚笑着迷惑我们,
将我们吞入深渊。"
大海变成海上女神的模样,
出现在水手面前:
"你怎么无缘无故把我责难?
顺着我的海水漂游,
既不可怕也无危险。
至于海洋深处呼啸咆哮,
只能怪罪风神之子,
是他们不让我片刻清闲。
倘若不信,
你不妨亲自试验:
只要狂风停息,你尽可开船。

那时候我比陆地还要平坦。"

我要说:
建议很好,并非欺骗,
然而没有风,怎能扬帆!

驴子与农夫

农夫雇了一头驴子,
让它整个夏天看守菜园,
驱散麻雀乌鸦,
防止害鸟捣乱。
驴子不愧是诚实的典范:
既不偷窃,又不贪馋,
一片菜叶都口不沾边。
说它纵容害鸟也太冤枉,
不过,农夫的菜园收益很惨。
赶鸟的驴子扬起四蹄,
在菜畦里面横跳竖蹿,
园子里的蔬菜几经践踏,
七零八落全部凋残。
见自己的劳动成果糟蹋殆尽,
损失巨大叫农夫心酸,
他抡起木棍猛抽驴子的脊背,
借以发泄心中的不满。
"活该!"
人们高声喊,

"这畜生罪有应得!
一头蠢驴哪配看守菜园?"

我说话并非替驴子辩护,
驴子有过失,它已受到惩处;
然而派驴子看守菜园的农夫,
似乎也有他自己的错误。

驴子与农夫

狼与白鹤

人们都知道:
狼生性贪婪,
撕咬猎物,
总是连皮带骨一起吞咽,
有一只狼因此遭遇劫难——
一块骨头
卡在喉咙里面,
不能出气,不能呼喊,
四脚朝天,快要完蛋。
附近有只白鹤,
还算万幸,
狼比比画画把它招来,
恳求它快救命。
白鹤连头带颈伸进狼的血口,
费尽气力——
把骨头拔出狼的喉咙,
于是它要求狼把礼物奉送。
奸诈的野兽吼道:
"啊哈,忘恩负义的东西!

狼与白鹤

想要报酬?你倒会开玩笑!
你愚蠢的脑瓜儿,
从我嘴巴里溜掉,
是我白白送给你性命一条!
滚开吧。伙计!
你要当心:
下次撞着我,决不轻饶!"

蜜蜂与苍蝇

两只苍蝇想去异国他乡,
招呼蜜蜂一道前往。
有只鹦鹉一次遇见苍蝇,
曾经赞扬那遥远的地方。
再说苍蝇在本地串门,
处处挨轰让它们觉得窝囊。
人类真不知羞耻,
脾气古怪不可思量!
竟然不允许苍蝇品尝甜食,
豪华筵席还蒙上玻璃罩子,
房檐下的蜘蛛又张着罗网。
蜜蜂告诉苍蝇说:
"祝你们一路顺风飞向远方!
我,在故乡一直心情舒畅。
从平民到官员全部爱我,
爱我的蜜汁又甜又香。
你们愿去哪里就朝哪里飞吧,
到什么地方遭遇全部一样。
朋友,

不为人类谋利造福。
即使飞到天涯海角,
也休想受到尊敬和爱护,
欢迎你们的,
只有那里的蜘蛛!"

为祖国辛勤劳动的人,
决不会轻易离开祖国;
谁无心从事有益的工作,
才觉得异国他乡充满欢乐:
不做公民,似乎不受歧视,
游手好闲,大概无人指责。

蚂　蚁

有一只自古少见的蚂蚁，
力气大无比，
履历表上确有记载，
它甚至举得起两颗硕大的麦粒！
它备受尊敬还由于出奇的英勇：
随时随地能叼住一条蛆，
独自一个敢向蜘蛛冲击！
因为这丰功伟绩它备享尊荣，
成了蚁穴中众蚂蚁唯一的话题。
我认为过分的赞许有害无益，
而这只蚂蚁可没有这种脾气，
听了颂扬它心里快活，
用高傲的尺度衡量颂辞，
对阿谀奉承向来深信不疑；
后来恭维的词句塞满了头脑，
它想入非非要去城里卖艺，
好显示一番自己的神力！
它大模大样找到一位农夫，

搭乘拉草车进城扬扬得意;
没料到它的傲气
受了一次致命打击!
原指望市场上的人们蜂拥而至,
像围观大火一样为它叫好称奇,
实际上没有人给予理会,
人们东奔西忙只是自己顾自己。
我们的蚂蚁拖住一片树叶,
忽而伏在地上,忽而躬起身体,
可是谁也看不见这只蚂蚁。
末了这蚂蚁累得筋疲力尽,
伸伸腰蹬蹬腿分外丧气。
它跟一只狗搭讪着说话,
那只狗在主人车旁卧地休息。
蚂蚁说:"你们城里人,
有眼无珠,不通情理!
我这话是不是合乎实际?
我拖拉树叶整整一个小时,
竟然没有一个人给予注意。
可是在我们整个蚁穴当中,
哪一个不认识我这大力士!"
说完话它败兴地爬回家去。

有的人异想天开,
自以为声名显赫天下无敌,
而究其实际——
他的眼界局限于蚁穴而已!

蚂 蚁

牧人与大海

从前有个牧人,
和海神涅普顿是近邻:
他那舒适的小屋就在海滨,
性格温和,放牧的羊不算太多,
他的日子过得安安稳稳。
没有见过豪华,却也未经苦难,
对自己的生活感到满足,
长久以来他比许多国王都要开心。
可是每当看见帆船从海上驶来,
船上的宝贝堆积如山,
运来的货物无奇不有,
一座座货仓堆得满满,
货物的主人阔绰气派得意扬扬,
牧人见了感到眼馋。
他卖了羊群、房屋,买了货物,
坐上了帆船,出海航行。
但在海上没过多久,
他就体验到了:变幻莫测——
是大海的本性!

海岸刚从视野中消失,
海上就起了暴风;
帆船毁坏了,货物沉入海底,
苦苦挣扎他才保住了性命。
如今又该感谢大海,
牧人又去放牧,但跟过去不同,
从前放的羊属于自己,
现在为别人放羊,他当了雇工。
再穷再苦算不了什么!
人有志向又何惧艰辛?
只不过少睡点觉,省吃俭用,
牧人攒够了钱,重新购买了羊群,
再一次成了自己绵羊的主人。
有一天天气晴朗,
牧人放羊
坐在海岸上,
他看见——
海面上没有一丝风浪
(海洋显得十分安详)
海船离开码头平稳地驶向远方。
牧人说:"朋友,你又想聚敛钱财,
要搜刮我的,你可白费心机!
你去愚弄别的人好了,
我们可了解你的底细。
怎么诱骗别的人随你的意,
从我这里你休想得到一个戈比!"

这寓言再解释已属多余,
但忍不住想再提一个忠告:
与其去追求骗人的幻想,
莫如牢牢把住已有的财宝。
迷恋幻想的不幸者成千上万,
不受骗的人却少之又少。
不管别的人对我说些什么,
我有自己坚定不移的信条;
我的——才是我的!
至于将来——只有天知道!

农民与蛇

爬近农民身边,蛇说:
"咱们和睦相处吧,邻居!
你再不必对我提防猜疑,
你瞧瞧,我
完全变了样子,
今年春天换了一层新皮。"
农民不相信蛇的花言巧语,
说话间将斧头顺手抄起:
"你的心还是那么狠毒,
尽管你换了一层新皮!"
蛇,一下子被砸成肉泥。

你已经声名狼藉,
却只想换个面具,
假面具救不了你,
蛇的下场,
将是你的遭遇。

狐狸和葡萄

饥肠辘辘的狐狸钻进果园,
果园里串串葡萄又亮又鲜,
狐狸眼睛冒火,
牙齿发酸。
多汁的葡萄
红宝石一样光彩闪耀,
不幸的是一串一串全都悬得高高。
狐狸东转西绕又向上跳,
眼巴巴瞅着,
牙齿够不到。
整整一个小时白受煎熬,
狐狸要走了,扫兴地说道:
"去它的吧!
乍一看葡萄不错,
其实青青的——
成熟的没有一颗;
咬一口,马上会舌头发涩。"

绵羊与猎犬

为防止豺狼欺凌,
一群羊做出决定:
增加猎犬数目以保安宁。
后来呢?
猎犬日益增多,
绵羊确实不再受狼的惊扰,
然而猎犬也要把肚子填饱:
起初它们从羊身上捋取羊毛,
随后扒掉羊皮,
绵羊越来越少……
到末了羊群只剩下五六头。
猎犬一下子把它们统统吃掉。

落网的熊

熊,陷进了罗网。
远离死亡谁都敢笑谈死亡,
死亡临头,可就大不一样。
对于死,
熊想都不愿想。
它本来打算挣扎一番,
无奈周身缠着绳网,
四外是猎犬、钢叉和猎枪,
纵然想搏斗,有劲使不上。
熊灵机一动,
耍了个心眼儿,
冲着猎人开口讲:
"朋友,我哪点儿得罪了你?
你要我的脑袋能有什么用场?
莫非你真正相信
人家对熊的诽谤?
认为熊果真凶恶?哎哟哟,
我们完全不是那样!
以我为例,

邻居都能证明,
野兽中唯独我不触犯死人,
我的品德无可责备堪称高尚。"
猎人听完对熊说道:
"你敬重死者值得赞扬,
不过一旦有机可乘,
你却不放活人逃出熊掌。
你最好去吃尸体,
而让活人不受损伤。"

麦　穗

田里的麦穗风吹雨淋，
隔着温室的玻璃他看见，
里面的花朵备受娇惯，
可是它在露天却要忍受
害虫叮咬、酷暑与严寒，
它不由得向主人抱怨：
"你们人类啊，太不公平！
谁让你们看着顺眼，
你们处处满足它的心愿。
可谁给你们带来利益，
你们反倒不喜欢！
你的主要收入岂不来自麦田？
看吧，麦田无人关心多么可怜！
自从你在地里播下了种子，
你可曾为我们安装玻璃抵御风寒？
你可曾吩咐人锄草或是保温？
干旱时你可曾用水浇灌？
不！我们是听天由命地生长，
从来没有人照管！

再看看你那些花儿吧,
虽然你不能靠它吃饭、靠它赚钱,
它们却不像我们被抛在野外,
而是长在舒服的温室里有人娇惯。
假如你也能这样关心我们,
结果会怎样?
明年,你将获得百倍的丰产!
你将派出车队把粮食运往京城。
想想吧,快修一座大温室保护麦田。"
"我的朋友,"主人回答,
"看得出,你们没发现我的辛勤。
请相信我最为关心的就是你们。
你该了解我付出了多少汗水,
清理杂草灌木,为你们施肥,
我的劳作可以说无穷无尽。
现在没工夫解释,多说也没用。
你该向老天爷祈求风调雨顺。
假如我听从你的聪明劝告,
花朵与粮食都将荡然无存。"

善良的庄稼汉,
普通士兵和公民,
与别人攀比常常抱怨,
不妨讲讲这个故事,
给他们以解劝。

男孩儿与蛀虫

千万别指望以背叛换取荣华!
需要时有些人不把变节看成罪过,
但在他们的眼里变节者本性卑劣;
叛徒往往躲不过杀身之祸。

一条蛀虫请求农民
放它到果园里避暑做客,
蛀虫保证规规矩矩,
不碰果实,只吃树叶,
并且是吃枯萎发黄的树叶。
农民暗自思忖:
"哪儿能不给它个落脚地?
多一条虫果园也不会显得拥挤!
就让它住在园子里。
我不会有太大的损失,
让它吃几片叶子没啥了不起。"
经过允许,虫子爬上了果树,
树叶下安居,躲风避雨:
说不上美好,却也无忧无虑,

它的生活无声无息。
不久阳光下的果实变得金黄,
果园里成熟了累累的果实,
像琥珀一样光彩熠熠。
有个快熟的苹果挂在枝头,
早就吸引了顽皮的男孩子,
他看中了这个苹果,千里挑一,
可是他没有办法摘到果子:
爬树,他没有胆量,
摇晃果树又没有力气,
总而言之,
眼巴巴瞅着,就是吃不到嘴里。
是谁帮助他偷摘苹果?虫子!
"告诉你,"虫子说,
"我知道确切消息,
主人吩咐过要摘苹果,
包括我们俩看中的这一个。
我有办法摘取它,
只不过你得分一点儿给我,
你分得比我多出十倍都行,
只给我留一丁点儿,
就够我好长时间的吃喝。"
条件谈妥,男孩赞成;
树上的虫子开始行动。
不出一分钟,它咬断了果柄。
虫子得到了什么奖赏?

苹果刚刚落入男孩子的手中,
他就连果子带核儿
吃了个一干二净。
等蛀虫从果树上爬了下来,
男孩子脚跟一跺结果了它的性命:
就这样既没了苹果,也没了蛀虫。

送 葬

古代埃及有一种风俗，
什么人出殡要显得阔绰豪富，
就雇些哭丧妇跟随灵车啼哭。
有一次一位名人下葬，
一群哭丧妇放声大哭，
哭诉死者阳寿过于短促，
哭声伴送亡灵去到阴宅永住。
一位过路人暗自思量，
哭得如此伤心必是死者眷属。
他问："你们愿不愿意，
如果我叫他死而复苏？
作为魔法师，鄙人小有法术，
起死回生，我有咒符。"
哭丧妇齐声叫嚷：
"让我们开开眼吧，教父！
我们只有一条要求，
叫这个人活五六天工夫，
然后还让他断气入土。
他活着没干一件好事，

还阳长寿也不会为人造福。
要是他第二次死去,
必定会出钱又雇我们来哭。"

世界上确实有许多财主,
他们只有一死,
才对人有点好处。

勤劳的熊

熊见农民制作车轭,
脱手卖掉十分赚钱,
(当然,制作车轭,
只能耐着性子慢慢弯。)
熊灵机一动也想照样干一番:
一里开外听得见这场闹剧,
森林里噼里啪啦响成一气,
榛树、榆树、白桦树,
被熊折断了多少难统计,
可它到底学不会那手艺。
熊走上门来请教农民;
"邻居,请问这是啥原因——
弄断树木我一点也不费劲,
可车轭却弯不成一根?
你说这里有什么大学问?"
农民回答说:
"因为你根本没耐心。"

作家与盗贼

在昏沉沉的阴曹地府,
判官同时审判两个歹徒:
一个是强盗——
他在大路上抢劫,
最终被拘捕;
另一个是著名作家——
他在作品里散布了精致的毒素,
引诱读者堕落,丧失信仰,
他像海妖塞壬①一样淫荡,
又像塞壬一样恶毒。
地狱里的审判非常迅速;
没有无谓的拖延:
判决词当庭宣布。
两根可怕的铁索,
把两口巨大的铁锅吊了起来:
罪犯被抛进了铁锅,
装强盗的锅下面堆了许多劈柴,

---

① 希腊神话中半人半鸟的女妖,用歌声诱惑航海者并加以残杀。

复仇女神墨纪拉①亲自点着了火,

烈焰升腾令人惊恐,

地狱拱顶的石头噼啪作响——

仿佛马上就要爆裂。

对作家的判决似乎不太严厉;

他下面起初只是小小的火苗;

可是那火越到后来越厉害,

好像烧几百年也熄灭不了。

强盗下面的火早已熄灭,

作家下面,火势不减

时时刻刻仍在熊熊燃烧。

他忍不住煎熬大声号叫,

说什么原来神灵也缺乏公道;

说什么他在人世间大名鼎鼎,

虽然他的写作有点儿放纵,

想不到给他的处罚过于严酷,

他认为他的罪行不如强盗严重。

地狱三姊妹当中的一位,

这时候出现在他的面前,

她的头发中有几条嘶鸣的毒蛇,

手里握着血淋淋的皮鞭。

她说:"倒霉鬼,

你敢把天命抱怨?

---

① 希腊神话中复仇三女神之一,其形象为丑陋的老太婆,蛇发覆头,长舌外露,手执火把与长鞭。

你想把自己的罪过跟强盗相比?
他有罪,而你罪恶滔天!
强盗凶残,危害社会,
只在生前;
可你……即便你尸骨早已腐烂,
哪一次太阳升起,
不照见你遗留下的祸患?
你作品中的毒素非但没有减弱,
反而世代流传似江河泛滥!
你看(他让作家窥视人寰),
你看看那些恶毒的行径,
看看你一手酿成的灾难!
看那些让家庭蒙羞的孩子,
看绝望的父母苦不堪言;
他们的头脑和心灵受到谁的毒害?
是你!是你的罪愆!
是谁肆意嘲讽
婚姻的神圣,官长的威严,
说什么那都是儿童的梦幻?
是谁攻击正常的人际关系,
鼓吹挣脱社会文明的规范?
是你!是你的罪愆!
难道不是你
把践踏信仰说成是开明?
难道不是你借助美艳的表象
宣扬淫荡与色情?

你散布的毒素如洪水泛滥,
使整个国家充斥着
凶杀、掠夺、动荡与纷争,
你把它引向了灭亡的绝境!
那里每滴血泪都是你的罪。
狂妄的你反倒敢污蔑神明?
你那些书籍
今后还不知诱发多少罪恶!
你就忍受酷刑吧;
这是你应该得到的报应!"
墨纪拉说着,
嘭的一声盖上了锅盖,
她的斥责充满了愤怒之情。

小 羊

我常常听到这样的言论:
"只要我自己问心无愧,
就不怕别人说短道长!"
不,这话说得不对。
为了在世上不贬低自我
你还必须学会保持
良好的仪表与形象。
美丽的姑娘!你们更应该了解
美好的名声胜过所有的首饰,
记住,比春天的花朵更娇嫩——
那是你们的名誉!
尽管你们良心无瑕,气质清纯,
但一言一瞥偶有不慎,
就可能招来流言蜚语,
使你们的名声受损。
莫非不能观看?难道不能微笑?
我没有那样说;不过,
每走一步要反复思量,
免得遭受诽谤与污蔑。

安纽托奇卡①,我的宝贝,
我为你和你的小伙伴,
想出了一篇寓言。
趁年纪还小,你要背熟这首诗;
不是现在,等将来你从中摘取果实。
听我说说小羊的遭遇。
请暂且放下你的布娃娃。
我讲的故事很短只有十几句:
小羊一时糊涂,
披上了一张狼皮,
它想炫耀一番,
在羊群中转来转去。
但是几只猎犬发现了浪荡公子,
以为是森林里跑来了一条狼,
猎犬一跃而起,猛扑过去,
一下子把它按倒在地。
小羊来不及清醒过来,
差一点被猎犬撕成碎片。
幸亏猎人赶来,
小羊的性命才得以保全。
然而让猎犬撕咬可不是闹着玩!
可怜的小羊受了惊吓,

---

① 克雷洛夫曾在彼得堡公众图书馆任职多年,这首寓言是他在1819年写给公众图书馆馆长奥列宁的小女儿安娜的。当时安娜只有十岁。安纽托奇卡是安娜的爱称。

浑身颤抖才走到羊圈。
从此它变得十分憔悴虚弱不堪,
一辈子总是长吁短叹。
假如这小羊聪明一点,
装扮成狼的念头,
会让它心惊胆战。

卷 七

老鼠会议

不管雌猫雄猫多么凶，
有一天老鼠们忽然想要扬名，
它们要从地窖
一直闹到阁楼顶层，
要把管家和厨子气得发疯，
以此显示它们的强悍；
为此召集老鼠会议势在必行。
出席会议的老鼠
必须具备一个条件：
尾巴应与自身的长度相等。
老鼠的观念约定俗成：
尾巴越长越有才干越机灵。
这看法是否合理姑且不论，
因为我们人类，
也常常依据服装和胡须，
判断一个人是否聪明。
只需牢记长尾巴老鼠出席会议，
这是诸位老鼠的一致决定。
哪个耗子不幸没了尾巴，

即令尾巴丧失在战斗当中,
那也只是无能和疏忽的象征。
这种老鼠一律不得到会,
免得大家受连累,
都掉了尾巴,该多煞风景!
准备停当,发了通知,
会期定在半夜三更,
开会地点设在面粉箱里。
会议果真按时举行。
一个个老鼠刚刚入座,
天哪!有个没尾巴的
混在其中!
一只小耗子目睹这般情景,
捅捅白胡子老鼠嘟嘟哝哝:
"没尾巴的
也来开会怎么成?
我们有规定怎么不执行?
请提议表决把它轰出会场,
这号老鼠,
我们决不欢迎!
连自己的尾巴都保全不了,
它对我们还有什么用?
它不单单会连累我们两个,
还将把与会者统统葬送。"
白胡子老鼠回答说:

"莫作声!
你说的这些我都懂,
可这只老鼠跟我是老交情。"

磨 坊 主

磨坊堤坝有一处渗水,
如果及早动手堵塞漏洞,
事故本来不严重。
何苦白费工?
磨坊老板竟无动于衷!
水流一天天越来越猛,
像从木桶里面朝外涌。
"喂,老板!
别伸懒腰啦!
你该赶紧想法堵窟窿。"
老板说:
"出不了大毛病。
汪洋大海我又不需要,
这点水足够我一辈子用。"
他躺下身去安然入梦。
坝上的水流越泄越急,
一场大祸终于酿成:
磨盘不动,磨坊停工。
老板慌了手脚,

又叹气,又心痛,
现在才急急忙忙保水堵窟窿。
他站在坝旁察看豁口,
发现几只母鸡喝水喝得高兴。
老板大声咒骂:
"下流痞!糊涂虫!
没有你们搅和水还不够用!
你们倒想给喝得点滴不剩!"
他抄起劈柴朝鸡投去,
这一来造成了什么后果?
鸡死了,水没了,
落得两手空空。

我见过不少这样的先生,
这寓言正该让他们听听。
他们灯红酒绿一掷千金,
真是挥霍无度骄奢成风。
可一旦要干点正经事情,
用一个蜡烛头他也心疼,
为这事会吵得鸡犬不宁。
这种人很快会倾家荡产,
虽然他表面上有时俭省。

鹅卵石与钻石

有个商人偶然发现,
一枚丢失的钻石躺在路上。
商人把钻石
奉献给国王,
国王买下钻石,镶上黄金,
钻石在王冠上闪闪发光。
听到这个消息,
鹅卵石开始忙碌,
钻石的荣耀让它格外羡慕,
于是它请求一个农夫:
"求求你,老乡,
请求你把我带到首都!
我为什么躺在这里,
风吹雨淋在泥泞中受苦?
听说我们的钻石备受尊崇,
我不明白它怎么一举成名?
好多年它跟我躺在一起,
它也是石头,
是我的患难弟兄。

带上我吧。谁知道呢?
一旦我在那里展示才华,
说不定我会受到重用。"
农夫把鹅卵石放到他的车上,
捎带着它进了京城。
进京的卵石心里想,
这一回和钻石平起平坐
共享荣华;
不料,它的境遇完全不同:
倒是派上了用场,
修马路时用上了它。

浪荡公子和燕子

有个浪荡公子,
继承了大笔遗产,
他挥金如土寻欢作乐,
花了个一干二净不剩一文钱。
到最后只留下一件皮袄,
这也是只因为正当冬天,
他害怕户外刺骨的严寒。
可不久败家子又卖了皮袄,
原因是他看见了一只飞燕。
不用说谁都晓得这一点:
既然燕子飞到身边,
说明春天已近在眼前。
败家子心想皮袄再无用处,
日为春天里大自然一片和暖,
寒冷被驱向荒凉的北方,
谁还傻乎乎再把皮袄穿?
浪荡公子打着如意算盘。
不过他忘记了民间的农谚:
一只燕子带不来春天。

天气果真又转为料峭春寒,
一车队在积雪上吱吱作响,
烟囱里冒着柱状的炊烟,
窗上的冰花连成了一片。
浪荡公子冻得直掉眼泪,
他看见报春的那只紫燕,
冻僵在雪地上不能动弹。
败家子走到燕子跟前,
说话时浑身颤抖咬紧牙关:
"可恶的燕子,
你必定完蛋!
指望你,我才受了欺骗,
提前卖了皮袄,
落得自受熬煎。"

石 斑 鱼

虽然我不是预言家,
但看见飞蛾扑向烛光,
我总是能成功地断定:
飞蛾会烧毁它的翅膀。
好朋友,这对你只是个比喻,
是一种教训;
它对儿童有益,也适合于成人。
你问:莫非这就是整篇寓言?
不,且慢,
这只是一个小小的故事,
寓言还在后边。
我把它的道德箴言提到了前面。
我看你眼睛里又有疑问:
起初你嫌短,现在又怕太长。
怎么办? 好朋友,你该有耐心!
我自己也怕说话絮叨,
可是有什么办法呢?
我是人老话多,正像秋天雨多。
上了年纪的人难免说话啰唆。

但有些事情值得总结,
你仔细听着:我多次听人家说,
轻微的过错小事一桩,
想个理由为自己开脱,
他们说什么,
那是顽皮淘气,何必加以指责?
然而这顽皮可能导致堕落:
轻浮成了习惯,随后变成欲望,
它以巨大的力量把我们诱惑,
从此我们再没有清醒时刻。
为了让你更加明白,
自命不凡有什么危害,
让我来讲个寓言故事供你消遣;
这寓言对你会有教益,
我的笔挥洒自如,
写出了这篇寓言。

记不清在哪处河岸,
水族的死对头——渔夫,
找了个合适地点摆好了钓鱼竿。
离陡峭的河岸不远,
河水里有一条顽皮的石斑鱼,
天生的机灵、淘气,
无论对什么都无所畏惧:
它像陀螺似的围着钓鱼钩打转,
渔夫钓不着它常急得骂声不断。

他抛出鱼钩,在期望中等待,
眼睛紧紧盯着浮漂,
他想,上钩了!他的心怦怦直跳;
扬起渔竿,一看,钩上没了鱼虫;
狡猾的石斑鱼常把渔夫戏弄,
抢走鱼饵,立刻躲开,
它让钓鱼的人次次落空。
"听我说,好妹妹,"
另一条石斑鱼对它进行解劝,
"这样做对你太危险!
河里的地方莫非还小?
你怎么总爱围着钓鱼钩打转?
我担心:你很快会脱离河水。
离鱼钩越近,越接近灾难!
今天你能得手,谁又能担保明天?"
但固执者像聋子听不进明智之言。
石斑鱼听了说道:"你看,
我又不是近视眼!
就算渔夫们狡猾,
你且把无谓的恐惧抛在一边,
他们的诡计我一眼就能看穿!
瞧,一个鱼钩,又一个鱼钩,
鱼钩许许多多!亲爱的,你看,
看我怎样收拾这些狡猾的笨蛋!"
石斑鱼箭一般冲向鱼钩,
它叼走了一个、两个鱼饵,

但第三个鱼钩使它遭遇凶险!
不幸的石斑鱼明白了,
可惜为时已晚,——
最好一开始就远离祸患。

农夫和蛇

要想受到人们尊敬,
结交朋友必须慎重。

农民跟蛇交了朋友,
众所周知蛇很精明。
蛇爬到农民家里,
农民起誓说要对它忠诚。
就从这一天开始,
农民的故旧亲朋,
再也不跟他来往走动。
农民抱怨说:
"你们怎么全都疏远我?
是我妻子待客不周到?
还是嫌我酒席不丰盛?"
干亲马特威回答说:
"不,我们愿到你家去,
你们热情好客,
从不使人扫兴,
这一点无须说明。

农夫和蛇

但如今坐在你家里。
眼睁睁盯着那条爬虫,
提心吊胆怕它咬你一口,
你说说,
那该是什么心情?"

橡树下的猪

百年老橡树下
有一头猪,
嚼够了橡实肚子鼓鼓,
躺在树荫里打呼噜。
睁开眼睛刚站起身,
一撅猪嘴就拱树根。
树上的乌鸦提醒那头猪:
"你这样乱拱可有害处,
露出了树根树会干枯。"
猪说:
"干就让它干!跟我不相关。
我看这树没啥好,
一辈子没有它,我也不烦恼。
只有橡实才是宝,
吃了橡实我好上膘。"
橡树骂道:"你个蠢猪昧良心!
把你的猪脸朝上伸,
睁开猪眼睛你看个真,
橡实长在我的身!"

世上有些愚蠢家伙,
骂科学知识,骂学者著作。
他们似乎觉察不到,
自己正咀嚼着科学的成果。

橡树下的猪

蜘蛛和蜜蜂

依我看
于事无补的才干,
毫无用处可言,
即便它偶尔也引起赞叹。

商人把夏布运到集市,
这种布家家爱用人人必需。
生意兴隆,
商人无可抱怨,
铺子里常常十分拥挤,
顾客们络绎不绝川流不息。
见出售夏布如此畅销,
爱眼红的蜘蛛格外妒忌,
它也想织夏布赚钱赢利,
决定在窗口开一个小铺,
一心要争夺商人的生意,
说干就干它织了一个通宿,
织出的布匹奇妙无比。
这蜘蛛自负而且神气,

坐在铺子里寸步不离;
只等东方发白天亮以后
要让全体顾客感到惊奇。
天亮了,怎么样?
来了一个小淘气,
一扫帚把蜘蛛铺子扫了去。
蜘蛛怒气冲冲,干着急。
"等着瞧,上帝一定惩罚你!
我要请全世界的人评评理,
看我和商人谁的夏布丝更细?"
蜜蜂听了回答说:
"你的细。这一点,
谁也没争议。
但你的布匹有啥用?
既不挡风寒又不能裁衣。"

狐狸和驴子

碰见驴子,狐狸开了口:
"你从哪来呀,
聪明的朋友?
走起路来这么慢慢悠悠。"
"亲家,我从狮子那里来!
嘿!狮子也有衰老的时候!
从前狮子吼,
森林都发抖,
吓得我魂不附体忙逃走,
哪敢正眼瞧瞧这怪兽!
可是现在它老了,
又弱又瘦,
连一丁点儿气力也没有,
瘫在洞里简直像段朽木头。
这会儿再提起狮子来,
野兽的恐惧全都抛在了脑后,
真个是有冤报冤,有仇报仇——
不论哪个从它身边过,
都要发泄火气,大打出手,

有的用角撞,有的咬几口……"
"你当然不敢去碰狮子喽?"
狐狸打断了驴子的话头。
驴子说:"哈哈!
你可没看透!
我还怕什么?踢它踢个够。
让它晓得,驴蹄子也不好斗!"

卑俗的家伙正是如此下流,
当你有名望有力量的时候,
他匍匐在你跟前不敢抬头;
一旦风云变幻你遭遇不测,
他挑着头儿对你狠下毒手。

苍蝇和蜜蜂

春天里吹着和煦的春风,
花园里有根细草茎,
草茎上摇晃着一只苍蝇,
它看见花朵上有只蜜蜂。
苍蝇傲慢地说道:
"你从早到晚整天劳动,
照你这样保准累得要命。
你瞧瞧我,
不跳舞,就做客,
简直像生活在天堂中!
我说话决不向你吹牛,
连达官贵人都是我的亲友,
你最好瞧瞧我赴宴的情景!
什么地方举行婚礼
或摆席祝寿,
我总是头一个进入客厅。
瓷碟里的佳肴任我享用,
喝美酒使的是水晶玻璃瓶,
比所有的来宾都大方,

最先品尝可口的甜食,
我随心所欲,无比高兴!
围绕着妙龄美人儿上下翻飞,
我格外赏识温柔的女性,
忽而落到玫瑰色的脸蛋,
忽而爬上白雪似的脖颈。"
"这我知道!"蜜蜂回答,
"可我听说你到处不受欢迎。
酒席上看见你人人皱眉,
你一露面,人家就轰。"
苍蝇说:"轰就由他轰!
从这个窗口轰我出去,
我从那个窗口再飞回屋子当中。"

蛇与绵羊

粗木桩下藏着一条毒蛇,
它在诅咒整个世界,
毒蛇的感情只有仇恨,
这是它天生的性格。
欢跳的羔羊就在附近,
有蛇无蛇,
它毫不留心。
蛇爬出来冲它咬了一口,
可怜的羊羔变得双目昏沉,
体内中毒的血液如烧如焚。
"我怎么得罪你啦?"
羊羔向蛇提出了质问。
毒蛇嘶哑地低叫:"谁知道!
大概为了踩死我,
你才在这里蹦蹦跳跳。
防备万一,我才把你干掉!"
"啊,冤枉!"羊羔说着,
断送了小命一条。

不懂得友谊,不懂得爱情,
对一切只感到唯一的仇恨,
什么人怀有这样一颗心,
他会把每个人都视为恶棍。

铁锅与瓦罐

铁锅跟瓦罐交情很深,
虽然铁锅出身于高贵门庭,
结交朋友什么最起作用?
铁锅愿作瓦罐的靠山,
瓦罐把铁锅看成弟兄。
它们从早到晚形影不离。
要彼此分开万万不能,
单独上灶它们觉得寂寞,
无论在灶上还是离开火炉,
它们总是并肩携手步调相同。
有一天铁锅忽然想周游世界,
它邀请朋友一道同行。
瓦罐也不愿意离开铁锅,
它俩坐一辆车动身启程。
车子经过的道路高低不平,
它们坐在车里相互磕碰。
遇到丘冈坎坷泥洼水坑,
铁锅泰然处之镇静从容;
可瓦罐原本就性格脆弱,

每次碰撞它都倍感疼痛。
然而它并不打算下车回家,
能够跟铁锅这样亲密无间,
它引以为荣百倍高兴。
我不晓得这次旅游行程多远,
但确切知道它们归来的情形:
瓦罐变成了一堆碎片,
可铁锅未受损伤完完整整。

读者,这则寓言的意思最为简明:
只有平等,才能谈论友谊和爱情。

野 山 羊

冬天,在山上游逛,
牧人发现山洞里有几只野山羊,
他含着热泪祷告上苍:
"好极了!我不需要别的珍宝。
我的羊现在增加了一倍,
就是不吃饭,不睡觉,
我也要把可爱的山羊喂好。
我将成为这一带最富有的阔佬!
常言说得好,
老爷靠田产,牧人靠羊群,
羊群能献出流水似的贡品;
积攒奶油奶酪,获取羊皮羊毛。
只有饲料必须自己操心,
可牧民过冬备足了干草。"
牧人把家羊的饲料匀给野羊,
对野羊关怀体贴耐心周到,
一天工夫看望一百遍,
想方设法细心照料。
他减少了原有绵羊的饲料,

完全不顾它们的温饱：
自家的绵羊总好将就，
每只羊撒一把草已经不少！
绵羊争嘴吃，
给它点颜色瞧瞧！
别总在主人跟前瞎撞乱跑。
可是春天一到，
事情变得非常糟糕。
野山羊一只不剩逃回山里去了，
因为离开山岭它们感到烦恼。
牧人的绵羊此时瘦弱不堪，
接二连三病倒，最后全部死掉。
牧人落得一无所有，
不得不挎个布袋去流浪乞讨，
虽然去年冬天，
他盘算发财致富想得极其美妙。

牧人哟，我有一言愿意奉告：
与其为野山羊白白浪费饲料，
哪儿如爱护自家的绵羊更好！

夜　莺

春天,有个捕鸟能手,
在树林里捉住了许多夜莺,
歌手夜莺分别被关进鸟笼。
它们在笼子里唱起歌来,
自然不如在森林里唱得愉快。
哪个坐牢还有心思歌唱?
但是无可奈何,只好唱歌,
或出于苦闷,或过于寂寞。
其中有只夜莺,
比难友们更加悲痛:
离开了亲密的伴侣,
在囚禁中痛不欲生。
从笼子里含泪望着原野,
它在煎熬中度过日日夜夜。
后来它转念寻思:
"忧愁无济于事,
傻瓜遭难才只会哭泣。
聪明人该想出办法,
尽快逃出这座监狱。

我们被捕不致被送上餐桌,
看起来主人爱听夜莺唱歌,
我或许能把不幸摆脱。
我要为主人效劳为他歌唱,
我的歌声也许得到报偿,
说不定主人会把我释放。"
歌手主意打定放开了喉咙,
用歌声把灿烂的晚霞赞颂,
用歌声迎接旭日东升。
唱来唱去唱出了什么结果?
只不过加重了它的不幸。
其他夜莺歌不悦耳,
主人给它们打开了笼子,
统统放走,任其自由。
唯独这只可怜的夜莺,
唱得越是美妙越是动听。
越是被牢牢地锁在鸟笼。

一把扫帚

肮脏的扫帚偶然受宠,
再也不供打扫厨房使用,
它受命清扫老爷的外衣,
看起来仆人们已大醉酩酊,
这把扫帚果真大显神通,
敲打老爷的长袍毫无倦容,
清扫外套像为黑麦脱粒,
它的劳动的确不太轻松。
糟糕的是它本身不干不净,
怎么能期待它劳而有功?
它愈打扫,
污点愈加多一层。

农民和绵羊

农民向法庭告了绵羊,
可怜的羊被指控偷了东西。
法官是一只狐狸,
这案子闹得满城风雨。
狐狸审了被告又问原告,
命他们逐条招供不许吵闹,
说清来龙去脉,拿出真凭实据。
农民说:"一天清早,
我一数短了两只鸡,
鸡毛、鸡骨头撒满地,
当时只有绵羊在院里。"
绵羊申辩说,它通宿在睡觉,
找证人最好去问街坊邻居,
人们从未见过它偷窃诈骗,
再说它根本不吃肉食。
现在狐狸宣判了,
请听它判决的词句:
"绵羊的辩解毫无道理,
因为一切小偷和骗子,

显然都擅长销赃灭迹。
根据察访不难看出，
羊在出事的那天夜里，
一直没有离开过鸡。
而鸡肉是鲜美可口的喽！
时机对羊也相当便利，
所以我出于良心推断，
绵羊能克制自己不吃鸡，
从情理上说不过去。"
裁决结果，羊被处以绞刑，
羊肉献给法庭，
原告得了羊皮。

农民和绵羊

守 财 奴

有位灶神守护财宝,
这财宝在地下埋藏;
有一天魔王忽然下了命令,
差遣灶神去遥远的地方,
而且不是三年五载,时间很长。
命令必须执行,
不管你高兴不高兴——
当差就是这样。
不过,灶神自有他的烦恼,
自己一走,谁来看守财宝?
假如修个仓库雇人看管,
那得花费一大笔金钱;
就这样丢下不管,不出一个昼夜,
可能会丢失财宝;
有人会挖掘,有人会偷盗:
人很机敏,财迷心窍。
他想啊,想啊,终于有了主意,
原来这家的主人——
是个吝啬鬼,是财迷。

灶神带着财宝走到吝啬鬼面前,
对他说道:
"尊贵的主人!
我奉命远行将去天涯海角,
我们向来相处得很好。
特来告别,为表示心意,
请你务必收下我这些财宝!
不必害怕,你可以尽情享用,
用它们饮酒,会餐,寻开心!
待到你寿限将尽,
我就是你的一个继承人。
这就是我的全部条件。
当然,祝你健康长寿是我的心愿!"
灶神说完,起程上路。
过了十年,又过了十年。
灶神飞回家乡,
他的差事已经办完。
他看到了什么?令人惊异!
守财奴饿死在钱箱旁边,
钥匙紧紧攥在手里——
财宝完整,没丢失任何东西!
灶神又得到了他的财宝,
他从内心里感到欣喜:
他的守财奴居然没花费一枚银币。

守财奴不吃不喝守着黄金，
守来守去岂不是为了灶神？

富翁与诗人

诗人控告了富翁,
祈求宙斯为自己申冤,
原告与被告出庭接受审判。
诗人面黄肌瘦衣衫褴褛鞋子破烂,
而富翁金饰灿灿体态臃肿神情傲慢。
诗人呼喊着拜倒在宙斯面前:
"发发慈悲吧,奥林匹斯山的君主;
呼风唤雨挟雷驰电的神仙!
在你面前我究竟有何罪愆?
为什么命运女神一直把我摧残?
一餐不得温饱,房屋没有半间,
我唯一的财产便是我的灵感。
然而你再看看富翁,
无功无谋宛如木偶一般,
身居华堂受到顶礼膜拜,
养尊处优,大腹便便。"
宙斯回答诗人说:
"你的诗篇将世代流传,
这难道不含义深远?

他呢,重孙自不待言,
孙子也不会把他记在心间。
不是你自己愿意名扬后世吗?
因此我把尘世荣华给了富翁。
但你要相信,
只要他看破红尘,
只要他的智力能够做出判断,
在你面前他将自惭形秽,
对他自己的命运会倍加不满。"

狼和小耗子

灰狼把绵羊拖出羊群,
一直拖进荒山野林,
不言而喻,不是请羊当客人。
贪婪的家伙剥光羊皮,
把可怜的绵羊连咬带吞,
牙齿嚼骨头发出咔咔的声音。
尽管狼生性贪馋,
但羊肉没有一次吃完,
它留出了晚餐暂做储存。
狼在附近躺下身来,
美餐之后保养精神。
不料羊肉的香味,
吸引了耗子——狼的近邻。
从青苔和土丘之间悄悄爬来。
小耗子叼了一小片羊肉,
扭身朝洞穴迅速逃遁。
狼发现了小偷,
呼救声震撼了丛林:
"救命呀!有土匪!

抓强盗呀！这回我可完了！
我全部家产都归了贼！"

在京城我目睹过这般奇景：
一个法官丢失了怀表，
他大声呼喊："捉贼！救命！"

两个乡巴佬

"你好,法杰伊!"
"你好,叶戈尔!"
"喂,伙计,你近来生活怎么样?"
"别提了,老兄,你瞧我遭了殃!
上帝惩罚我,
我的房子被烧了个光,
从那时候起我就四处乞讨流浪。"
"真的吗?老弟!
这可实在糟糕!"
"谁能想得到!圣诞节大家喝酒,
我端着蜡烛给马去添草料,
说实话,我当时喝得昏头涨脑,
不知怎么搞的,
蜡烛一晃起了火苗,
我自己拼死命向外逃跑,
可房子和全部家当都烧毁了。
喏,你呢,日子混得可好?"
"哎呀,法杰伊,
我也倒了霉!

看起来是上帝罚我受罪。
我死里逃生倒也算是个奇迹,
你看看,我瘸了一条腿。
也是圣诞节,我去冰窖取酒,
得承认我们一伙都喝得酩酊大醉。
我担心醉醺醺别弄出火灾,
干脆吹灭蜡烛,走路不怕摸黑。
呀!黑漆漆撞我的准是魔鬼,
我被推下台阶摔得人事不省,
瞧,从那一天起我就成了残废。"
乡亲斯杰潘冲他俩开了口:
"还是责备自己吧,朋友!
说真话,你们是自作自受,
你烧了房子,你拄着拐杖走。
醉汉拿着蜡烛固然危险,
可摸黑走路更容易出丑!"

小猫与棕鸟

有一家养着一只棕鸟,
它唱歌唱得不算太好,
不过作为哲学家,名望倒挺高,
附带说,它跟一只小猫是知交。
这只小猫长得格外粗壮,
但温和安静又懂礼貌。
有一天主人没有给小猫喂食,
可怜的猫崽儿受到饥饿煎熬:
它团团打转,
为斋戒而苦恼,
柔和地翘着尾巴悲哀地嚎叫。
哲学家启发小猫说道:
"朋友,甘心为斋戒受苦,
你十足的呆头笨脑!
你眼前笼子里挂着金翅雀,
我看你真傻呀,小猫!"
小猫说:"可是良心……"
棕鸟开导说:"你的见闻大少!
依我看所谓良心不过是胡说八道,

那是心灵脆弱者不敢逾越的信条,
在明智的伟人看来,纯属笑料!
为所欲为方称一世英豪,
这种例证,并不难找。"
椋鸟旁征博引讲得绘声绘色,
道出了全部哲学的精妙。
肚子空空的小猫听得高兴,
一下子抓出金翅雀来几口吞掉。
雀肉的滋味刺激了小猫的食欲,
一只小鸟哪里够为它解饱?
第二次听从指教小猫大见长进,
它告诉椋鸟:"谢谢你,你真好;
是你把我引上了这条正道。"
小猫猛然撕碎了鸟笼,
把自己的导师吃了。

小猫与椋鸟

两 只 狗

一只可靠的看家狗,
为老爷效力忠于职守,
一天它看见老相识,
一只毛茸茸的哈巴狗,
倚着柔软的绒垫坐在窗口。
热切恰像见到亲姊妹,
看家狗差点儿掉眼泪。
它摇着尾巴向上跳,
又在窗户下边连声叫:
"哈巴狗,你好!
老爷带你到楼房里,
你过得一定挺满意?
从前在院子里咱常挨饿,
想必你至今没忘记。
你现在怎样为老爷服役?"
哈巴狗听了回答说:
"抱怨命运有罪过,
老爷从心坎里喜欢我,
我过得美满又称心,

用金碟与银碗来吃喝。
打滚儿撒欢儿逗得老爷乐,
玩累了,就歇一歇,
地毯上卧卧。沙发上坐坐。
你呢,日子过得快活么?"
看家狗耷拉了长尾巴,
耸了耸鼻子说了话:
"我还跟过去一个样,
吃不上,喝不上,
常常冻得心发慌。
我给老爷守大门,
睡在围墙边,下雨就挨淋。
要是叫唤得不恰当,
还得挨揍吃棍棒。
你身材瘦弱又小巧,
怎么运气这样好?
我怎么就拼死拼活白受累,
告诉我,怎样效劳才周到?"
哈巴狗得意地回答看家狗:
"你问怎么效劳吗?
这可需要有两手;
告诉你——
我能用两条后腿走!"

不少人心目当中的幸福,
不过是用两条后腿走路。

猫与夜莺

猫逮住了一只夜莺,
按着可怜的小鸟不放松,
温柔地攥紧夜莺说起话来:
"我的心肝宝贝呀,
小夜莺!
听说你唱歌四方闻名,
被誉为优秀歌手当中的明星。
我的干亲狐狸对我说过,
说你的歌喉嘹亮动听,
说你唱歌能迷住牧童牧女,
让他们神魂颠倒格外高兴。
我很想亲耳听听你怎样歌唱,
朋友,不要固执,
你别害怕,也不要胆战心惊!
我决不会吃你!
随便唱一段吧!我给你自由,
任你在森林里飞腾!
我爱好音乐不亚于你,
常常呼噜呼噜哼着曲子入梦。"

这时那可怜的夜莺,
在猫爪子下面苟延性命。
猫又说道:"怎么样,朋友。
唱吧,哪怕少唱几声。"
但歌手唱不出口,只能吱吱哀鸣。
猫听了冷笑着质问夜莺:
"莫非你吱吱叫着把森林赞颂?
这曲调怎么美?
哪有什么激情?
人们有什么理由狂热地把你吹捧?
这样吱喳乱叫,别说让我心烦,
连我的猫崽儿也不爱听。
不,看来你对唱歌一窍不通:
没头没尾,吵闹不停。
哼,尝尝你的滋味我倒高兴。"
于是猫吞噬了那可怜的歌手——
嚼得一点儿骨头渣儿也不剩。

附着耳朵说话意思好听清:
猫爪子下面的夜莺,
唱不出动听的歌声。

鱼 跳 舞

狮王接到许多状纸——
控告法官、贵族和富豪的罪状；
狮子大王忍无可忍发了脾气，
决意亲临领地进行巡访。
狮子走着；一个农夫点燃了篝火，
钓了鱼，准备煎上一锅亲口尝尝。
锅热油烫，可怜的鱼拼命挣扎，
面临死亡，每一条都乱蹦乱撞。
狮子张大嘴巴生气地质问农夫：
"你是什么人？搞的什么名堂？"
"启禀威力无比的大王！"
农夫回话，神情慌张，
"小人是这一带水族的总管，
这些是水族头领，全都居住水乡，
为恭候大王您大驾光临，
我们才聚集到这个地方。"
"这一带富裕吗？它们生活怎样？"
"伟大的君王！它们住在这里，
过的不是普通日子，而是住在天堂！

我们只为一件事向众神祈祷,
就是祝福君王您万寿无疆!"
这时候锅上的鱼仍在乱跳乱撞。
狮子问农夫:"请你给我讲一讲,
为什么它们尾巴摆动脑袋摇晃?"
农夫说:"啊,圣明的君王!
它们正在跳舞呢!见到您,
子民的心情无比欢畅。"
狮子亲切地吻吻农夫的胸脯,
对鱼的舞蹈再次望了一望,
然后启程,继续巡访。

外区来的教民

有这样一些人：
如果你是他们的朋友，
他们就认为你就是天才，
认为你是作家，才华第一流。
要是换了另一个人，
即便他声音甜美善于歌唱，
也休想得到他们的赞扬，
他们从来不愿正视别人的特长。
这不免让我有几分遗憾，
我来讲个小故事代替寓言。

教堂里有一位教士
（他像柏拉图一样能言善辩），
开导他的教民多做善事，
滔滔不绝，说的话蜜一样甜。
无须故弄玄虚，话中包含真理，
一句句构成了黄金链。
思想与情感都和天堂相联系，
他披露尘世充满了虚幻。

心灵的牧师结束了布道,
每一个教民仍在侧耳聆听,
赞美天堂,心怀虔诚,
不知不觉泪水莹莹。
当这些教民走出了教堂,
有个教徒对另一个讲:
"多么热情!多有才干!
他能使人心奋力向善!
你为什么不流眼泪?
莫非你是铁石心肠?
还是你听不懂他的语言?"
"怎么听不懂?
我为什么哭泣?
我又不属于这个教区!"

乌 鸦

假如你不想被人讥笑,
记住自己的出身才好。
平民百姓别跟贵族攀亲戚,
是侏儒千万别往巨人堆里跑,
别忘了——
你自己身材是矮还是高。

乌鸦尾巴上插了孔雀毛,
去找孔雀玩耍,神气高傲。
乌鸦想,自己的亲戚朋友,
必定把它看成神奇的鸟。
它自以为是孔雀的姊妹,
自以为到了出头的日子,
自以为能增加堂皇宫殿的荣耀。
乌鸦的傲慢有什么后果?
孔雀们啄得它狼狈而逃。
几乎栽到地下,飞得心急火燎,
不用说没有保住孔雀毛,
连它的乌鸦毛也没剩下多少。

乌鸦又飞到自己的同伴身边,
同伴们认不出它的面貌,
它们一拥而上拔光了它的羽毛。
乌鸦想出风头,结局却很糟糕:
它既不能与孔雀为伍,
又回不了乌鸦的老巢。

为解释这则寓言我来讲个笑话:
商人的女儿玛特琳娜,
一心一意想高攀名门大户,
五十万卢布作陪嫁,
还真有一位男爵娶了她。
后来过得怎么样?
婆家辱骂她,
说她是生就的下贱癞蛤蟆;
娘家奚落她,
说她是弯转心眼儿向上爬。
可怜的玛特琳娜,
既当不上孔雀,又做不成乌鸦。

杂 毛 羊[*]

狮子厌恶杂毛羊,
消灭它们原本不费力量;
可是那种做法有违公论,
因为狮子在森林中冠冕称王,
不能无缘无故杀戮子民,
而应当厉行法治威震四方。
但它到底难以容忍杂毛羊,
怎样铲除心患又无损声望?
它召见熊和狐狸进行磋商。
把自己的心病告诉大臣,
说它只要一见杂毛羊,
两只眼睛就疼得慌,
说它可能会因此失明,
但不知如何铲除祸殃?
熊粗声粗气把话讲:
"威严的大王!

---

[*] 这篇寓言大约写于1822年底或1823年初,克雷洛夫生前未能发表。作品讽刺沙皇亚历山大一世和他的大臣残酷迫害彼得堡大学的进步学生,因而未能通过沙皇政府的书报审查机关的审查。

不必多虑尽管下令无妨,
为这点小事何苦多费唇舌。
统统绞死它们了事!
有谁会可怜杂毛羊?"
见狮子大王皱了皱眉头,
狐狸说话语气驯良:
"啊!我们仁慈的大王!
你大概禁止伤害可怜的生灵,
不忍心让无辜者鲜血流淌。
我不揣冒昧献上另一条计策:
请下令为杂毛羊开辟草场。
母羊在那里有丰盛的饲料,
羔羊在那里可以奔跑跳跃,
因为我们缺少牧人,
你不妨派狼前去牧羊,
杂毛羊种将自消自灭,
当然,这只是我的猜想。
让杂毛羊对你感恩戴德,
不论发生什么意外,
都牵涉不到大王。"
狐狸的主张受到采纳,
实施的结果如愿以偿:
不仅杂毛羊终于销声匿迹,
连纯毛羊也减少了数量。
野兽们对此如何议论?

它们说:
狮子善良,作恶的是狼。

卷　八

老朽的狮子

狮子曾威震森林凶猛无敌,
可现在年迈老朽伤了元气,
虚弱的细腿勉强支撑着躯体,
爪子迟钝了,牙齿脱落了,
想当年那尖爪利齿,
曾经使敌人望风披靡。
最令狮子伤心的是——
野兽见了它,再也不恐惧,
反而拥上前来报仇雪恨,
争先恐后地横加辱骂与冲击:
狼蹿上来用牙咬,
牛跑过来用角顶,
骏马扬起蹄子狠狠踢。
可怜的狮子遭遇劫难,
揪心忍痛等待悲惨的结局,
喑哑呜咽流露出心中的悲凄。
忽然,挺胸叠肚走来一头驴,
它也想在狮子身上试试驴蹄。
狮子呻吟着仰天长叹:

"上帝啊!莫如让我早点死去,
免得活着受辱蒙羞!
即使死亡万分痛苦,
也比受驴子污辱来得好受。"

狮子、羚羊和狐狸

狮子沿着荒凉的山坡
紧紧追赶一只羚羊,
追啊追啊,眼看就要追上,
盯着这即将到口的一顿美餐,
狮子的眼睛射出了凶光。
看来羚羊已无法逃脱,
一道深深的山涧横在前方。
轻捷的羚羊鼓足气力,
恰似离弦的飞箭一样,
在山涧上空嗖的一闪,
一跃跳到对面石头岸上。
紧追的狮子收住脚步,
恰巧它的朋友来到身旁。
这朋友原来是只狐狸,
狐狸开口激励狮王:
"怎么!以你的迅猛与力量,
莫非就输给弱小的羚羊?
只要你愿意,奇迹任你创。
山涧再宽阔,你能跨过去,

就看你想不想吃掉羚羊！
请相信我的良心与友谊，
我不致劝你拿生命冒险，
我了解你的机敏和力量。"
几句话说得狮子心潮激荡，
它四肢腾空向前猛闯，
可终究没跳过那道山涧，
一头栽下去，
立刻死亡。
它的朋友干了些什么？
狐狸爬到山涧谷地一声不响，
对狮王再不必逢迎献媚，
在这渺无人烟的荒凉地方，
随心所欲为狮子送葬，
一个月内它把朋友吃了个精光。

农夫与马

农夫播种燕麦;
这情景被一匹小马看见,
马儿暗自抱怨:
"何苦扔掉那么多燕麦!
据说人比我们聪明能干,
可这样做多么糊涂可笑,
整块土地都翻了个遍,
把那么多燕麦撒在地里,
然后让它们白白腐烂。
给我们马匹做饲料岂不更合算?
再不然就用它去喂鸡,
那样做也还有几分道理,
贮藏起来,我只能说他吝啬;
白白扔掉,简直就是个傻瓜!"
秋天到了,收割了燕麦,
农夫用它来饲养那匹小马。

读者啊,毫无疑问,
你不会赞成小马的议论;

可是从远古直到如今，
狂妄的人岂不也都是这样，
对于天意一无所知，
却在那里妄加评论？

松 鼠

松鼠为狮子当差,
我也不晓得它干什么差事,
但狮子对它相当满意;
能讨狮子欢心,不是白费气力,
狮子答应给松鼠一车榛子做酬礼。
答应是答应过,可时光如箭,
松鼠常挨饿,非常可怜,
面对狮子它还得含着眼泪装笑脸。
松鼠看见它的伙伴,
在森林里树梢头东跳西蹿,
眼巴巴瞅着它们嗑榛子,
嗑得那么欢。
松鼠离榛子虽说只有几步远,
想吃到嘴里却难上难:
给狮子当差,得随时听使唤。
到头来松鼠年老体弱,
狮子开始厌烦;它把松鼠辞退,
说是到了退休年限。
倒是给了松鼠一车榛子,

上等的榛子,世上很少见;
好得出奇,个个都经过挑选!
可松鼠的牙齿早已掉光——
糟糕的只有这一点。

梭　鱼

有人向法庭告了梭鱼一状,
说梭鱼祸害了整个鱼塘,
它的罪恶,
可说是车载斗量;
按照惯例拘捕了罪犯,
用一只大木盆把它端来过堂。
法官们聚集在不远的地方,
就在附近的一片牧场,
它们的大名印在卷宗里:
两头驴子,两匹老马,
还有两三只山羊。
为了审判受到应有的监督,
它们指定检察官由狐狸担当;
虽然人们中间早有传闻,
狐狸吃鱼总靠梭鱼帮忙。
法官们执法不讲情面,
换句话说,梭鱼罪恶昭彰,
这一次难为它开脱罪状。
审理完结,

最后签署判词,
罪犯该有可耻下场:
杀一儆百,
将梭鱼吊死在树杈上!
"尊敬的诸位法官!"
此时狐狸开了腔,
"绞死梭鱼,它太便宜,
严惩罪犯,我倒有个主意。
这种极刑非常新奇。
能使一切骗子感到恐惧——
该把梭鱼淹死在河里!"
法官们齐声叫嚷:
"妙极了!"
于是它们一致决议:
把梭鱼抛到河里去!

梭 鱼

杜鹃和鹰

鹰王器重杜鹃赐它名为夜莺,
杜鹃升官新上任,
坐在白杨树上好威风。
它抖擞精神,
施展自己的音乐才能;
它发现,众鸟纷纷飞去,
有的讽刺讥笑,
有的咒骂连声。
我们的杜鹃很伤心,
要告百鸟一状,匆忙拜见苍鹰:
"大王恩宠!
遵奉您的旨意,
这片森林由我充任夜莺。
可是百鸟无礼,竟敢挖苦嘲笑,
说我像木头墩子百无一用。"
苍鹰回答说:"我的朋友,
我身为鸟中之王,但还不是上帝,

你如此不幸,我却不能救助于你。

我可以指令你冒充夜莺,

但把你变成夜莺我还无能为力。"

剃 刀

有一回我和一个熟人途中相遇,
我跟他在同一家旅店住了一宿。
天亮时,我刚刚睁开眼睛,
发觉我的朋友一副惊慌神气。
昨晚临睡前还开着玩笑无忧无虑,
现在听他像换了个人似的——
忽而呻吟,忽而惊叫,忽而叹息。
"怎么啦,亲爱的?
你哪里不舒服?"
"我正刮脸呢,哎哟哟,没关系!"
"什么?刮脸?"
我转过身朝他望去,
只见他噙着泪水照镜子,
皱着眉头耸鼻子,
就好像被人家撕了一层皮。
我总算弄清了这场灾难的起因,
就说:"真怪!
你怎么折磨自己?
瞧!那不是刮脸刀,简直是钝锯!

你哪里是在刮脸？分明是自讨苦吃！"
"我承认剃刀很钝，
哎哟哟，老弟！
这一点还会不懂？咱又不是笨驴？
不过使用快剃刀，我怕刮破脸皮。"
"朋友，我得诚心诚意告诉你，
钝剃刀最容易刮破脸皮，
快剃刀使用起来最保险，
会不会用，
全靠你去学习。"

我想把这则故事稍加引申：
许多人，尽管他们不承认，
见人机警聪明就心虚害怕，
他们喜欢手下有一帮蠢人。

雄鹰与爬虫

在树顶抓着树枝,
一条爬虫摇来晃去。
雄鹰从爬虫头顶掠过,
居高临下半开玩笑半是讥讽:
"可怜虫!
你费了多大力气!
爬得这么高,图个啥便宜?
你到底又有什么自由?
风一吹,跟随树枝一道弯曲。"
爬虫回答说:
"飞得高高,
你说笑话真容易。
因为你身体强壮翅膀有力;
命运给我的才干不同于你,
我能在这高处存身,
仗着我有附着力。"

穷 汉 发 财

"如果一门心思就知道攒钱,
一辈子舍不得吃舍不得喝,
做个富翁究竟值不值得?
何苦呢?临死的时候,
什么也不能带走。
岂不是折磨自己,让自己出丑!
不,假如命运让我发财致富,
我会一出手就花上千个卢布,
过得奢侈又豪华,
我的宴会让四面八方都羡慕;
我甚至发善心给穷人以帮助。
有钱却过得吝啬不啻是痛苦。"
一个穷人躺在低矮的小屋里,
一边想心事,一边自言自语。
忽然,窗缝里钻进来什么东西,
有的说是妖怪,有的说是魔法师,
前一种说法大概更准确,
随情节进展你就能了解。
妖怪开口对穷人说:

"我已经听清,你为何想当富翁,
能为朋友效劳让我高兴。
这个钱袋给你:里面有一枚金币;
你拿出一枚,另一枚等着你取。
朋友,现在你可以变得非常富裕,
这钱袋能给你数不清的金币,
愿取多少都随你的意;
但有一点你要牢记:
一枚金币你也不能随意动用,
除非你把钱袋扔进河里。"
妖怪说完,消失不见,
一个钱袋摆在穷汉子面前,
这穷光蛋兴奋得几乎神经错乱。
到底怎么回事?
他难以相信这不是梦,
刚刚掏出一枚金币,
另一枚金币又在钱袋里晃动。
这个穷汉子说道:
"但愿这幸运延续到黎明!
我要为自己掏出成堆的金币,
到明天我就成了富翁,
我将尽情享受,其乐无穷。"
可天一亮,他的想法已经改变:
"真的,现在我有了钱;
可是哪一个人不喜欢财产?
为什么我不让财富翻上一番?

我怎么能够偷懒?
这个钱袋我要再使用一天!
我将拥有豪宅、马车、别墅,
我还有可能购置庄园!
错过了机会,岂不是个笨蛋?
钱袋神奇,我要紧紧抓住;
就这么办,减少饮食,
哪怕我再斋戒一天,
要享受生活,今后有的是时间。"
结果呢?过了一天,
过了一周,一个月,过了一年——
贪心汉早已数不清他的金币,

他顾不得喝水、吃饭,
每天都忙碌不停,
忙着从钱袋里往外掏钱!
每到夜晚,他就在心里盘算,
总觉得还有什么缺欠。
每当想到要把钱袋扔进河水,
他就难过得心里发颤;
他曾走到河边,又急忙走回来,
他说:"哪能舍弃钱袋?
黄金如流,它是我发财的源泉!"
到后来,贪心的汉子
人瘦了,变老了,
头发花白,两鬓斑斑,

想金子落了个蜡黄脸。
他再也不提什么奢侈和享乐,
失去了健康平和,衰弱不堪;
但他依然颤颤巍巍,
用手从钱袋里往外掏钱……
掏啊掏,掏啊掏,
什么时候能掏完?
金币堆在长凳上,
贪心汉守着他的金币咽了气,
长凳上的金币已超过九百万。

战　刀

一把纯钢战刀十分锋利，
不知被谁抛在废铁堆里，
跟废铁一起运到集市，
农夫买了它，价钱很便宜。
他一眼看出了战刀的用途，
盘算得具体而又实际：
给战刀安上一个木柄，
去森林砍削编鞋的树皮；
在家里随时用来劈柴，
或是截断树枝编排篱笆，
或是削光界地的木头桩子。
就这样过了不到一年光景，
战刀变得残缺破损遍体锈迹，
最后成了孩子们骑马游戏的玩具。
茅屋里长凳下有只刺猬，
常常跟战刀待在一起。
有一天刺猬对战刀说："请问，
你一生能跟什么相比？
人们对战刀曾倍加赞誉，

可是你,丢脸不丢脸呢?
整天价劈劈柴,砍木桩,
末了成了孩子们的玩具。"
战刀回答刺猬说:
"在战士手中,我威震强敌,
在农夫家里,我没有用武之地,
在这里我只能干些粗活,
然而这并不合我的心意。
不,丢脸的不是我,
而是那些人,
他们不明白——
战刀干什么最适宜。"

商　人

布店老板冲侄子喊叫:
"你在哪里呀?安德烈!
快点过来!越快越好!
瞧你叔叔这一手该有多么巧!
照我这样做生意,保你利润高!
波兰呢子那块料,想必你知道,
在这儿摆了那么久,总也卖不掉,
呢子浸过水,颜色旧,料又糟,
让我冒充英国货,转眼脱手了。
你瞧瞧!白赚了一百卢布!
上帝送个傻瓜来,真是呱呱叫!"
侄子回答商人说:
"叔叔哟,这桩买卖妙是妙,
可我不知道究竟是谁上了圈套,
仔细看吧,你手里是一张假票!"

纯粹一场骗局!
商人诈骗并不新奇,
试看比小铺高贵的地方,

如此这般也在进行交易；
人们几乎有同一种心理，
谁更狡猾，谁占便宜。

炮 与 帆

战船上的炮与帆,
成了冤家对头,
大炮从船舷上高高抬起炮口,
面对天空抱怨不休:
"啊,诸位神祇!
你们何时见过
这种破麻片做成的东西,
居然敢和我们大炮分庭抗礼!
我们的航程万分艰险,
它们帆有什么贡献?
只要风一吹,它们就挺起胸膛,
好像威严的大官一样,
得意扬扬驶过大海,
一脸傲慢相;
而我们大炮在战斗中隆隆作响!
难道战船不是凭我们才称霸海洋!
难道不是我们把死亡与恐惧
带往四面八方?
不,再不能和帆同在一条船上!

没有帆,我们能独自支撑局面。
威猛的风神啊,求你帮忙,
吹吧,快把帆撕成碎片!"
听从召唤的风神呼啸而来,
大海顷刻间变得昏暗,
乌云遮蔽了天空,
翻卷的排浪如山;
雷霆震耳欲聋,电光闪闪刺眼;
狂暴的风神撕碎了船帆。
船帆消失,风暴随之平息;
后果如何?没有帆的船——
成了风浪的玩具,
木头一样在海上漂移。
当它又一次遭遇强敌,
敌船的炮火给它以猛烈轰击,
它遍体鳞伤,难以移动,
连同大炮一起沉入海底。

每个强国之所以强大,
是靠它各个部门配合协调:
保持国家权力平稳——靠帆,
震慑敌人——有炮!

驴　子

农民养了一头驴子,
这驴子似乎十分驯良。
农民不住口地把它夸奖;
他担心驴子在森林里迷路,
就在驴脖子上系了个铃铛。
这一来驴子神气十足得意扬扬!
(当然喽,它听人们谈论过勋章)
它想象自己俨然成了贵族,
没料到这头衔使它连遭祸殃。
(这教训不只驴该牢记心上)
应当向你们事先说明,
驴子原本没有什么声望,
没系铃铛时它倒还走运,
能够偷偷地吃些黑麦、燕麦,
还时常到菜园里面逛逛,
吃饱了溜之大吉不声不响。
可现在跟从前大不相同:
尊贵的先生无论走到哪里,
脖子上的勋章总是叮当作响。

人们从麦田和菜畦里轰它,
连连挥动手中的棍棒。
有一位街坊后来听见铃声,
一棍子把驴的肋骨截伤。
我们的大人物实在可怜,
没到秋天变了一副模样,
瘦得皮包骨头,看来活不久长。

骗子当官就有这种麻烦:
当官职卑微的时候,
他还不易被人发现;
一旦这个骗子当了大官,
官衔像驴子的铃铛,
叮叮当当响声传得老远。

米　隆

城市里有位富翁叫作米隆,
我不是为写诗才提起他的大名,
不,这类人的名字最好记
四邻八舍齐声咒骂这位富翁。
街坊的说法未必就不公正,
说这位富翁拥有万贯家财,
可给穷人一个戈比他也心痛。
哪个人不想博得慈善美名?
为扭转于己不利的种种舆论,
机灵的米隆向人们放出风声:
每逢礼拜六提供食品赈济穷人!
真的,无论谁走近他的大门,
门不上锁,进门可直奔前厅。
人们想:"呀!
富翁失算准会破产!"
不必担心,吝啬鬼可是绝顶聪明。
礼拜六他解开拴恶狗的麻绳。
穷人们进院不用说喝水、吃饭,
不挨狗咬逃出门来就是万幸。

而米隆圣人似的变得大名鼎鼎。
人们说："谁不钦佩米隆！
遗憾的是他家的狗太恶太凶，
以致人们难与富翁接近，
不然跟你平分家产他也高兴。"

这种情况我曾多次遇见：
进高宅深院比登天还难，
看家狗们总是受到责备，
而米隆之流则似乎无关。

农夫与狐狸

有一天狐狸对农夫说：
"请问,我的好干亲,
马凭什么能赢得你的好感?
我看它总是和你做伴,
它和你一起赶路,一块儿下地,
你精心照料让它喜欢；
要知道所有的动物当中,
马差不多是最蠢的笨蛋。"
"啊,亲家!"农夫听了回答说,
"说什么笨与聪明,
这与精明无关!
我的目的说来简单——
我要它替我拉车,
还要服从我的皮鞭。"

狗 与 马

在同一个农夫家里服役，
狗和马一天发生了争执。
看家狗说：
"尊贵的夫人，
我看早该把你轰出门去！
拉车耕地有啥了不起？
没听说你有别的技艺。
你哪一点能配跟我相比？
我日日夜夜忙碌不息，
白天在牧场保护羊群，
黑夜里看守门户十分警惕。"
马回答看家狗说：
"不错，
你这番话讲得有些道理。
不过，假如我不耕作，
你就没有可以看守的东西。"

狗与马

猫头鹰和驴子

一头瞎驴出远门,
走进森林迷了路。
夜深林密,它团团打转,
不能向前走,也不能后退一步,
即使它眼不失明也是毫无用
处。
幸好猫头鹰就在附近,
自告奋勇愿为驴子引路。
猫头鹰天生一双夜眼,
什么起伏的丘陵、悬崖、山谷,
它透过夜幕看得清清楚楚。
黎明时刻领驴子走出丛林,
它把驴子送上了平坦路途。
跟好心的向导怎么忍心分手?
驴子向猫头鹰提出请求,
求它继续给予帮助。
瞎驴一时兴起想入非非,
要驮着猫头鹰周游大陆。
猫头鹰就此坐在驴子背上,

看神气俨然有绅士风度。
它们出发了,驴子迈动脚步。
结局美满么?不!
当朝阳射出缕缕光束,
猫头鹰眼前一片迷雾,
可这猫头鹰实在顽固,
指指点点依然为驴子带路。
"小心呀!右边有个水坑!"
其实右边平坦,左边倒是峡谷。
"向左走呀!
向左再跨一步!"
扑通一声,驴子驮着猫头鹰,
一同跌进了万丈深谷。

蛇

一条蛇请求宙斯,
赐给它一副夜莺的嗓子。
它说:"不然我活得太没意思,
因为我不论出现在哪里。
比我弱的,全都把我躲避,
比我强的,总想置我于死地。
不,再也不能过这种日子!
如果我能像夜莺一样唱歌,
我的歌声必定令人惊奇,
我将赢得爱戴受到尊重,
成为大家愉快交谈的话题。"
宙斯满足了蛇的请求,
使它的声音变得柔和甜蜜,
凶残的嘶鸣消失得了无痕迹。
蛇爬到树上,盘起身体,
像一只出色的夜莺唱着歌曲。
周围的群鸟刚想飞到歌手身旁,
定睛一看,吓得魂不附体,
雨点一样纷纷坠下树去。

这种反响谁会喜欢?
唱歌的蛇自然感到不满。
它问:"我唱歌,莫非你们反感?"
一只椋鸟回答说:
"不,你唱得并不亚于夜莺,
歌声嘹亮悦耳、清脆婉转!
可一看见你吞吐的舌头,
我们禁不住吓得心惊胆战。
恕我直言,你切莫抱怨:
听你唱歌我们倒也情愿,
不过你唱歌的时候,
最好离我们远一点。"

狼 和 猫

狼从森林逃进村里,
自然,不是前来做客,
而是想找点东西充饥。
猎人和猎犬正穷追不舍,
狼瑟瑟发抖怕被剥掉狼皮,
碰到第一个门口就想钻进去。
也是它活该今天倒霉,
家家户户全都大门紧闭。
狼看见篱笆上有一只猫,
连忙低声下气地问道:
"瓦西卡,我的好朋友,
请问,哪个农民心肠最好?
谁能保护我避开凶恶的敌人?
你听,猎犬狂吠,
还有可怕的号角,
他们正在追我,转眼就会赶到。"
猫说:"快去求斯杰潘吧!
他的心肠最善良。"
"好是好,可是我偷过他的绵羊。"

"喏,那你找杰米扬试试。"
"我怕他也不会把我原谅,
因为我拖走过他的山羊。"
"往那边跑!那边住着特拉菲姆。"
"特拉菲姆?不,
我可不敢见这位大叔。
我抢过他的羊羔,他从春天就想报复。"
"真糟糕!那你不妨求求克里姆!"
"啊!瓦西卡,
我咬死过他的牛犊。"
瓦西卡于是对狼说道:"亲爱的,
我明白了其中的道理:
你得罪了全村所有的人家,
怎么还指望在这里躲避?
不,农民们决不致那么糊涂,
受过你的祸害还来搭救你。
这才是种瓜得瓜,种豆得豆,
千真万确,你该埋怨你自己!"

鳊　鱼

老爷的花园里有座池塘,
其中的泉水清澈透亮,
池中养着鳊鱼,
成群结队在岸边游弋,
黄金般的日子过得欢畅。
不料,老爷吩咐,
把五十条梭鱼放入池塘。
一位朋友听了劝他说:
"算了吧,你想干什么?
梭鱼生性凶悍,
鳊鱼都得被它们吃完,
那该多么可怜。
莫非你不知道梭鱼贪婪?"
"休再多言,"
老爷笑着回答,
"我知道梭鱼凶残,
我倒是想弄明白,
你凭什么断定,
我对鳊鱼特别喜欢?"

瀑布与小溪

喧腾的瀑布飞下悬崖,
它嘲笑具有疗效的矿泉。
(矿泉在山脚仅仅隐约可见,
而它祛病的美名却远远相传。)
瀑布说:"你这么渺小,水又很少,
却总是宾客云集,真是莫名其妙!
人们来到这里无疑为了把我瞻仰,
他们到你身边做客又有什么必要?"
小溪恭顺地低声说道:
"为了治疗。"

狮　子

年迈力衰的狮子大王,
睡腻了硬邦邦的石床:
躺在上边骨头酸疼浑身冰凉。
因此它召来了自己的大臣,
几只毛茸茸的熊和长毛狼。
狮子说:
"朋友们,我老了,
我的床实在太硬也太凉,
请为我不分贫富征收绒毛,
我不能总躺在光秃秃的石板上。"
大臣们回话毕恭毕敬:
"无比圣明的雄狮大王!
为了您,别说捐点绒毛,
就是献皮,也理所应当!
我们这里多毛的野兽确实不少:
梅花鹿、扁角鹿、羚羊和山羊。
鹿和羊几乎从来不交赋税,
向它们征收绒毛最为适当。
它们奉献贡品并不吃亏,

狮　子

交出绒毛反而浑身清爽。"
这聪明绝顶的建议即刻执行。
狮王对大臣的忠心连声夸奖。
但这忠心用在了什么地方?
熊和狼抓住可怜的鹿和羊,
把它们的毛皮剥个精光
熊衣和狼皮虽然毛多绒长,
可是连一根也不献给狮王。
而参与征税的每一位大臣,
都从贡品中捞了外快沾了光——
弄到过冬的皮褥秘密收藏。

三个乡下人

三个乡下人在彼得堡赶车为业,
他们付出了辛苦,也有过快乐,
现在他们要返回家乡,
顺路在一个村子里住宿过夜。
我们的客人要了晚饭,
因为乡下人不喜欢临睡前挨饿。
乡村里哪有丰盛的晚餐?
一盆素菜汤,几片面包,
还有稀饭都端上了桌。
这又不是彼得堡,没什么话好说;
总比饿着肚子上床好过。
三个乡下人画过了十字,
坐得舒舒服服准备开始吃喝。
他们当中有一个头脑更灵活,
他看出这些食物三个人吃实在不多,
眉头一皱,想了个主意
(这场合只能智取,不可力夺)。
"伙计们,"他开口说,
"你们知道福马么?

这一回征兵他上了花名册。"
"征兵干什么?"
"是这么回事,有消息说——
最近要攻打中国。
咱们的沙皇想让中国进贡茶叶。"
那两个听了便开始议论
仗该怎么打,谁担任指挥官合适,
(偏巧他们俩都认字,能读报纸,
甚至还看过战事消息。)
两个汉子越说越兴奋,
不停地猜测、推断、争论;
这正好符合了滑头的心愿,
趁他的伙伴争执不断,
他一声不吭,把菜汤、面包、稀饭,
吃了个干干净净。

有些人最喜欢高谈阔论,
尽管谈的事与他毫不相干,
比如印度发生了什么事件,
什么时候,什么根源,
他都一清二楚了如指掌,
可是你瞧,就在眼皮底下,
一座村庄已被大火烧光。

卷九

牧　人

老爷的牧人萨瓦，
忽然丢失了绵羊。
我们这能干的小伙子，
忧愁又悲伤：
逢人就哭，开口便讲，
说有只可怕的恶狼，
从羊群里拖走了绵羊，
凶残地把羊撕碎嚼光。
人们说：
"这不稀罕，
狼对绵羊哪会心软？"
大家开始警惕狼的祸患，
可是不晓得萨瓦的火炉上，
为什么一会儿是羊肉羹，
一会儿又有羊排饭？
（萨瓦原本是个厨师，
犯了过错才来乡村牧羊，
难怪他饭食跟我们相仿。）
人们到处搜寻恶狼，

咒骂恶狼众口一词：
可是找遍整个森林，
总不见狼的踪迹。
朋友们，你们白费气力；
有狼不过是传说，
吃羊的——是萨瓦自己。

松　鼠

在一个乡村，
正赶上节日，
地主房舍的窗口前面，
人们摩肩接踵十分拥挤，
大家盯着轮子上的松鼠，
一个个觉得特别新奇。
附近桦树上的小鸟也很诧异。
只见松鼠四肢闪动快速无比，
而身后的尾巴蓬松翘立。

"老相识，"小鸟开口说，
"请问你耍的什么把戏？"
"啊，朋友，
我整日劳作不息。
在这位身份高贵的老爷府上，
我担当着事务繁忙的差使。
瞧，顾不上喝，
顾不上吃。
连喘口大气都来不及。"

松鼠说完重新蹬转了轮子。
"是的,我总算明白了:
你一直奔跑,
却始终不离原地。"

你看,有些人办事,
总是毛毛躁躁手忙脚乱,
看样子拼出了全身气力,
实际上在原地裹足不前,
像一只松鼠蹬着轮子转。

老　鼠

轮船上两只老鼠碰了面,
一个说:"妹子!
知道吗?一场大灾难!
船漏了!底舱里海水漫延,
差一点儿没了我的脸!
(真的,它的湿爪子上有水点)
我们的船长多么荒唐,
刚刚醒酒,
又醉成烂泥一摊;
那些水手一个更比一个懒,
喏,一句话,混乱不堪。
刚才我向全体乘客呼喊,
说我们的轮船正沉入深渊,
谁都不信!没人理睬,
好像我是散布谣言。
只要瞧一眼底舱,你就明白,
轮船拖不过一个钟点。
妹子,咱哪能跟他们一块等死?
逃吧!趁早离开这条船,

也许陆地离这儿不远。"
两只多疑的老鼠跳进大海,
顷刻沉没在波涛之间。
而轮船安全地到达了口岸,
因为驾驶员特别老练。

现在人们会问:
船到底漏没漏?
船长和水手怎么样?
船漏了,漏水很少,
并且已及时排光。
而其他说法都纯属诽谤。

狐　狸

冬天,凌晨格外寒冷。
一只狐狸喝过水,
离开冰窟窿刚要往回返,
这冰窟距离村庄不远。
不知是疏忽还是运气不好,
反正狐狸弄湿了尾巴尖,
突然冻在了冰上面。
事故不大,不难摆脱:
稍稍用力往前一跳,
豁出去损失十几根毫毛,
趁人们还没有来到,
动身回家越早越好。
可弄坏尾巴狐狸怎能心甘?
金色的尾巴那么蓬松舒展!
不,人们正睡得香甜,
过一会儿天气可能转暖,
等冰凌一化,
就能提起尾巴。
等啊等,尾巴却越冻越严。

眼看着东方天已大亮,
村里有人开始走动,
嘈杂的声音清晰可辨。
可怜的狐狸急得团团打转,
但要离开冰窟却难上难。
幸好一只狼从旁边跑过,
狐狸冲它高声呐喊:
"好朋友!好亲家!
干爸爸!快救命呀!
我可真要完蛋啦!"
狼停住脚步,帮助狐狸脱险,
这位干亲的办法倒简单:
一口把狐狸尾巴连根咬断。
没有尾巴的傻瓜跑回家去,
保住了狐狸皮满心喜欢。

这首寓言的含意一目了然:
假如狐狸不吝惜一撮毫毛,
它的尾巴本来可以保全。

狼 与 羊

绵羊受狼蹂躏无法生存,
兽类当局只得出面拯救羊群,
采取措施,成立护羊督察会,
多数督察官却由狼担任。
其实狼并非全都名声不好,
品行优良的典范也还不少,
有的在羊群附近徘徊,
倒也不把绵羊骚扰——
当然,这些狼已经吃饱。
凭这条狼也该进督察会!
保护羊群固然重要,
谴责狼何必没完没了?
督察会开在密林深处,
经过反复计议、推断、思考,
终于拟定出法律一条。
我现在逐词逐句如实照抄:
"倘发现狼欲侵犯羊群,
并且危及羊的生存,
不论该狼身居何职,

每只羊都有权逮捕它们,
当即押送附近的树丛,
交由法庭予以审讯。"
真是无可增删的完美条文!
可是我留心观察直到如今,
虽然一再说对狼不能容忍,
但不论羊是原告还是被告,
总是它被狼拖进森林。

农民和狗

有个农民最会盘算,
家产殷实生活挺好,
他雇了一只狗看守宅院,
同时又让狗烤面包,
外加给菜苗浇水锄草。
读者一定会说,
真是莫名其妙!
这个农民简直是胡闹!
事情肯定乱糟糟!
让狗看门就看门好了,
哪里有过狗烤面包?
谁又见过狗浇菜苗?
亲爱的读者,
假如我附和你的意见
我就大错特错全错了。
关键不在狗会不会干,
而在于这条狗大包大揽,
三件活计的工钱都已定好。
看家狗只图自己开心,

别的事,它可不管那一套。
偏巧这时候农民去赶集,
赶过了,逛够了,回来了,
进门一瞧——
哎呀呀,糟糕!
急得他团团打转直跺脚:
面包没有烤,菜地没有浇,
家里还招了小偷,
贮藏室的东西全部被盗。
农民大骂看家狗,
这条狗辩解得倒乖巧:
浇菜苗顾不上烤面包,
巡逻宅院须要到处跑,
这样耽误了浇菜苗,
烤面包又必须做准备,
所以小偷儿没逮着。

两个男孩

"谢尼亚,趁不逼咱们上学校,
到果园里去摘栗子好不好?"
"得啦,费佳,要吃栗子可难办!
栗子树虽说不太远,可是长得太高,
我爬不上去,你也爬不上去,
要弄栗子吃,咱们够不着。"
"好伙计,你怎么冒傻气!
这种事儿不靠傻劲凭技巧。
我想得挺周到,你就等着瞧!
只要你把我托上靠下的树杈,
上了树,我自有办法,
到时候咱们把栗子吃个饱。"
小伙伴说着朝栗子树飞跑。
谢尼亚帮助朋友十分卖力,
累得气喘吁吁,汗水淋漓,
到底把费佳托了上去。
费佳在树上舒舒服服,
自由自在像谷仓里的老鼠。
树上的栗子多得数不胜数,

栗子到手,该让伙伴享享口福;
岂料谢尼亚没沾一点光,
站在树下舔着嘴唇馋得慌。
费佳在树上大吃特吃打饱嗝儿。
他的朋友得到的只有栗子壳儿。

我看有些人很像费佳,
靠朋友帮助他们越爬越高,
等后来他们飞黄腾达,
朋友却连栗子壳儿也见不到。

匪徒与赶车人

傍晚,一个匪徒
埋伏在路边的灌木丛中,
皱着眉头窥视远方,
恰似一只刚出洞穴的饿熊。
他发现,一辆满载的大车驶来。
"啊哈!"匪徒自言自语,
"看来是拉货赶集,
准是一车呢绒、绸缎、布匹。
今天总算不白来一趟,
这个倒霉蛋撞在了我的手里!"
说话之间大车来到眼前,
"站住!"匪徒高声呐喊。
他抡起木棍扑向车夫,
不料,他打劫的人竟是一条好汉:
车夫虽然年轻却生性剽悍,
他抄起短棍迎战歹徒,
奋力保卫车上的财产。
截道的歹徒
不得不投入一场恶战——

这生死搏斗持久而猛烈,
土匪牙齿脱落,折了一条胳膊,
还被打瞎了一只眼;
然而最后还是他占了上风,
打死了那个赶车的青年。
匪徒急急忙忙奔向大车,
他最终得到了什么?——
成堆的尿脬装在车上边。

世上许多虚幻的东西,
使不少人沦为凶恶的罪犯,
可叹!

狮子和老鼠

为了在近处树洞里安家,
老鼠恭顺地请求狮子说道:
"在这儿,在森林里,
虽然说你威严而且荣耀,
论力量,狮子无与伦比,
一声吼,吓得野兽心惊肉跳;
可说到将来,谁能预料?
谁没有求人帮忙的时候?
别看我身体小,
也许日后能够为你效劳。"
狮子听了厉声大叫:
"你个渺小的东西!
就凭这狂妄的胡说八道,
该把你的脑袋拧掉!
滚开!滚开!趁早滚开!
不然你连尸首也找不到!"
可怜的老鼠吓得晕头转向,
拔腿就跑,逃之夭夭。
然而狮子的高傲留下了后患:

有一次外出寻找食物，
狮子中了圈套，
浑身力气不能施展，
吼叫、呻吟也是徒劳，
怎么挣扎，也无法脱逃。
猎人把它锁入囚笼，
运到外地供人观瞧。
狮子再回想小老鼠已为时过晚，
假使老鼠能帮忙该有多好！
因为绳网最怕耗子咬。
狮子明白了，毁灭它的是骄傲。

读者，我稍加解释这则寓言，
我爱真理，这话也并非杜撰，
民间谚语说得好：
切莫往井里吐痰，
因为你也有喝井水的一天。

狮子和老鼠

杜鹃和公鸡

"可爱的雄鸡,
你唱得多么嘹亮多美好!"
"啊,杜鹃小姐,亲爱的,
你唱得字正腔圆,余音袅袅,
这样的歌手走遍森林难寻找!"
"亲家,听你唱歌我百听不厌。"
"啊,美人儿!
我以上帝的名义担保,
只要你一住口,我就等得心焦,
巴不得你唱出新的小调……
什么地方能有这样的歌喉:
音色纯,音韵柔,音调高!
你得天独厚:
身材虽然小巧,
歌儿唱出口,
让夜莺听了也害臊。"
"谢谢你,亲家!说句良心话,
你唱歌远远胜过极乐鸟。
论证这一点我有理由千万条。"

杜鹃和公鸡

偶然飞过的麻雀说道：
"朋友，互相吹捧到口干舌燥，
你们的声调还是照样糟糕！"

杜鹃颂扬公鸡，
为什么无所顾忌？
因为公鸡也在把杜鹃赞誉。

大　官

古代有位大官，
离开了华丽的枕席，
启程到冥王治下的国度去。
简而言之，他咽了最后一口气。
依照古时惯例，
大官拜见冥王来到地狱。
审判即刻开始：
"你曾任何职？生在何地？"
"当过省长，生于波斯。
因我生前身体虚弱，
未曾亲自行使权力，
事无巨细，都委托秘书代理。"
"那你做些什么事？"
"吃吃喝喝，睡觉休息，
秘书呈上什么，我就提笔签字。"
"快把此君送到天堂去！"
"怎么送天堂？有什么依据？"
差役脱口叫出声来，
完全忘记了对上司的礼仪。

冥王说:"唉,老弟!
你真是不通事理!
莫非你看不出,亡者是个白痴?
大权在握,倘若他参与政事,
全省百姓必将饿殍遍地,
那里的眼泪将倾泻如雨……
正因为他不曾治理,
才有幸升到天堂去。"
日前我在法庭见到一位法官,
嘿!看起来他有资格升天!

卷外补遗

怕丢面子的赌徒

有一次我到了个热闹场所；
确切说,去了一家小酒馆。
那地方没什么高尚可言,
一群人正围着桌子赌钱。
赌徒们中间
有个高个子青年嚷得最欢,
他不折不扣是个纨绔子弟,
出牌下注最大胆;
突然,
他输了个精光双手攥空拳。
虽然他对天发誓,
但没有一个人肯借给他钱。
这家伙勃然大怒,
脱下了外衣当赌注。
过了一个小时再看:只见他
像野外光秃秃的树桩,
身上只剩下短袖衫。
这时候,他爹派人来找他,
对他说:"你父亲快不行啦！

临终还想和你见一面,
让你请求宽恕听听遗言。"
"告诉他,"这糊涂蛋说道,
"方片K要了我的命,
最好还是让他到这儿来见面。
他来酒馆一点儿不难堪;
可我走在大街上,
没靴子、没衣服、没帽子、没袜子,
实在太丢脸!"

赌徒的遭遇

昨天我看见朋友乘着马车；
他本来很穷，我很惊讶，
他怎么变得这么阔？
毫不隐瞒，他如实告诉了我：
是靠打牌发了财，
他认为最高超的学问是赌博。
今天我碰见他徒步行走。
我问："你是不是输光了财产？"
他像个哲学家一样大声回答：
"你知道，世事变换车轮转。"

孔雀与夜莺

有个人不懂物理却喜爱音乐,
一次听见树枝间夜莺的歌声,
他就想弄一只这样的鸟儿
关进鸟笼。
于是他跑到一座小城,
说什么:"那种鸟儿虽没见过,
可是我赞赏它的歌,
我渴望拥有这样的鸟儿,
鸟市上可供挑选的鸣禽很多。"
这位老爷怀着这种想法
走进了鸟市,
他的钱包鼓鼓囊囊,可头脑空空,
老爷看见了孔雀,也看见了夜莺。
他对商人说:"我不会弄错!
看见这美丽的歌手我就喜欢。
外表出众,唱歌肯定好听;
请问,这只鸟儿多少钱?"
商人听了回答说:
"老爷,孔雀唱歌不好听,

您老想买会唱的鸟,
别挑孔雀,最好买夜莺。"
商人的话让老爷吃惊;
不过,他害怕上当受骗,
他觉得夜莺的样子不好看,
心里想:"这只鸟羽毛少身体小,
让它成为歌手难上难。"
他买了孔雀,非常满意,
一心想欣赏孔雀的歌唱。
匆匆忙忙回到家里,
用个硕大的鸟笼把孔雀安置停当,
孔雀像猫一样喵喵叫,
一连叫了十几次算对主人的报偿——
凭羽毛判断歌喉实在荒唐!

像这位老爷一样,
我们也常带着偏见评论别人,
什么人衣衫不整、发式不新,
手上不戴戒指,腕上没有表,
箱子里面不满是黄金,
我们就说他很愚蠢。

狮子和人

勇猛可喜,机智更强;
而有勇无谋往往酿成悲剧,
谁若不明白这个道理,
不妨听听这个生动的故事。

猎人在树林里布置好罗网,
等待着捕获猎物;
但由于一时疏忽,
他自己倒被狮子抓住。
"该死,卑鄙的东西!"
愤怒的狮子张开血盆大口吼叫,
"你蔑视万物,甚至看不起狮子,
这回我倒要瞧瞧,
你有什么权力和能耐,
自吹自擂享有万物之灵的封号?
让我们探讨探讨,
你那么高傲,
可有本领逃脱出我的利爪?"
猎人回答狮子说:

"我们胜过万物不靠力气靠智慧!
我敢夸口,有些障碍我能超越,
你虽然威猛,却不得不后退。"
"你这样吹牛,我不爱听。"
"不是吹牛,我能用行动证明;
如果我撒谎欺骗,
回头你吃掉我,结果我的性命。
你看:那些树木之间,
有我挂好的网绳。
咱们俩比比,看谁能顺利通过?
如果你同意,我先开始爬行;
然后你再用力跳跃,
看能不能跑到半截就追上我?
你看,绳网又不是石头墙,
小风一吹就轻轻摇晃;
但是你光凭力气,
未必能跟随我穿过绳网。"
狮子鄙夷地瞅了一眼,
说道:"你先走吧,转瞬之间,
用不了几步就能把你追赶。"
它说话的口吻十分傲慢。
猎人再不费口舌,
噌噌噌噌从网下面钻过,
随后准备好要把狮子擒获。
狮子在后面追赶,快似离弦之箭,
但它从未学过钻网的秘诀:

469

一头撞进了罗网,狮子难以挣脱——
猎人不再争辩,事情已经了结。
智谋战胜了蛮勇,
不幸的狮子离开了这个世界。

宴　会

在一个遍地灾荒的年头，
狮子大王想举办盛大宴会，
以安抚属下的野兽。
它派出了信使飞毛腿，
邀请客人来赴宴，
大大小小的走兽一个也不漏。
怎能拒绝邀请？
四面八方的野兽，
潮水一般纷纷向狮王涌流。
赴宴吃酒本是一桩美事，
在饥荒年头更是一次享受！
看旱獭、狐狸和田鼠，
慢慢腾腾也朝那里走。
它们看见宾客都已经入席，
才晓得迟到了一个钟头。
狐狸操心的事情太多，
偏巧嘴里又塞满了东西；
田鼠倒霉迷了路；
而旱獭梳洗打扮耽误得太久。

可谁也不想饿着肚子往回走。
瞅见狮王身边有个空座位,
它们仨想挤在一起将就将就。
不料豹子说:"喂,几位朋友!
这个位子宽绰,
可不是为你们保留。
大象马上就到,准把你们撵走,
弄不好,把几位踩成一摊烂肉。
因此,
你们要不想饿着肚子回家,
就老老实实站在门口!
你们准能吃饱,感谢上帝保佑!
前排的位子没有你们的份儿,
那些座位留给庞大的野兽。
谁斤斤计较不愿站着吃酒,
那么它最好待在家里头。"

烛台与蜡烛头

我不知道是在哪个法庭,
什么时间,什么地点,
法官们积攒了多少案件,
他们终于想进行审判,
于是围坐在桌子旁边,
一直工作到很深的夜晚,
最后道别各自走散,
把几个烛台留在桌子上面。
这时一个烛台开始吹牛,
看蜡烛仍然还在燃烧,
他对那个蜡烛头说道:
"你在这里干什么,臭家伙?
你看你闯下了什么祸!
你把天花板熏得黑漆漆,
你早就该挪到前厅里去!"
蜡烛头听了回答说:
"不知道你怎么来到这里,
帮助审理案件,我不是最后一个,
法官需要你充其量是个摆设,

你像木头墩子毫无用处,
我是蜡烛,为法官照明,
有烛光,他们才能做出决定。"

两个马车夫

"喂,伙计,你怎么垂头丧气?
嗨,打起精神来,别让狼吃了你!"
有个马车夫骂骂咧咧赶上了车队,
那一溜车辆却停顿在那里,
眼瞅着人家要超过去。
"几时离开的莫斯科?""昨天。"
"可我离开那里快要一周。
大叔,我真是昏了头:
养了十来头牲口——
这些畜生几乎吃穷了我,
我为车队整天发愁,
我真的要毁了,
想不出什么办法来挽救!
你的营生可好啊?""还好吧,感谢上帝!
我为自己闯出了许多条路!
每次运输都装载满车的货物,
我买这两匹马只花了几十卢布,
可是我好好喂养,对它们加倍珍惜。"
"请问我该怎样消解忧愁?

大叔,我这样倒霉是什么缘由?
要知道我也是一天到晚不瞌睡,
买草买料喂牲口也有不少花费!"
"老弟呀,你养了一群马,
都饿得半死不活!
你对马匹别抱过高的期望!
劝你一句,学学我的样子吧:
少养几匹马,好好喂养!"

蜘蛛和雷

窗户前面

有一座房子，

雷声隆隆，

把墙上的蜘蛛

忽然震落在地，

它躺在那里

龇牙咧嘴

气喘吁吁，

然后大声喊叫：

"等宙斯

把我变成驴，

我会躲进树林，

打雷的时候

窗户震颤，

房子发抖，

休想再让我从墙上摔落在地。"

人们常有从高处被推搡下来的经历。

驴子和兔子

驴子不是鸟,
它天生不会飞翔,
不过它不是头一次夸口吹牛。
它的叫声洪亮
它要让所有的野兽相信,
它有本领,它会飞翔,
能飞上云霄,像山雀
甚至像鹰,
像鸟中之王。
这时候兔子说:"好吧,你飞吧!"
"啊,斜眼的胆小鬼!"
驴子大声吹,"我会飞,
可就是不想飞!"
聪明的兔子劝它说:
"你试试,就飞一回!"
驴子扭头就跑,
扑通一声,栽倒坑里!
不是神父,别硬穿法衣!

蚊子和狼

蚊子

住在鞑靼人那里,

或住在科萨人那里。

忽然来了一只狼,

一边敲门一边吼叫,

说要把蚊子吃掉。

蚊子吓了一跳,

飞到火炉上躲藏。

这时候狼对它说:

"我把你从炉子上拽下来!"

蚊子说:"你够不着,

你太累了,

你停下来最好!"

可是狼

忽然向上一蹿,

一下子蹿上了高板床,

它吞噬了那只蚊子,

自己也落了个死亡的下场。
我这里附带要说,
这就是不久前欺负弱者的强者。

克雷洛夫寓言音序目录

说明:篇目后括号内数字分别代表卷数和篇次。

a

阿佩莱斯和驴驹(六,7)

阿尔刻提斯(六,6)

b

包税商与鞋匠(三,1)

鳊鱼(八,20)

布袋(三,10)

不信神的人(一,21)

c

财迷与母鸡(六,4)

苍蝇和旅客(三,17)

苍蝇和蜜蜂(七,10)

车队(二,20)

池塘与河流(四,7)

d

大官(九,11)

大火与钻石(四,10)

大象当总督(二,22)

大象和哈巴狗(三,4)

大象受宠(五,19)

倒霉的农夫(三,2)

杜鹃和公鸡(九,10)

杜鹃和鹰(八,6)

杜鹃与斑鸠(六,2)

赌徒的遭遇(外,2)

e

鹅(三,15)

鹅卵石与钻石(七,3)

f

诽谤者和蛇(五,21)

匪徒与赶车人(九,8)

分利钱(二,6)

风筝(四,4)

富翁与诗人(七,18)

g

歌手(一,3)

葛藤(五,18)

公鸡与珍珠(二,18)

狗(三,20)

狗的友谊(二,5)

狗、人、猫、鹰(五,15)

狗与马(八,16)

管蜂房的熊(五,7)

h

蛤蟆和丘比特(五,23)

好奇的人(四,15)

好心的狐狸(四,19)

狐狸(九,4)

狐狸和驴子(七,9)

狐狸和葡萄(六,17)

狐狸和田鼠(二,10)

狐狸建筑师(五,24)

花(四,12)

黄雀与白鸽(五,3)

黄雀与刺猬(一,12)

猴子(一,14)

猴子(三,6)

猴子和眼镜(一,17)

j

机械师(四,9)

杰米扬的鱼汤(五,1)

金币(一,19)

镜子与猴子(五,8)

k

孔雀与夜莺(外,3)

l

浪荡公子和燕子(七,4)

狼和杜鹃(二,17)

狼和狐狸(四,3)

狼和狼崽(三,5)

狼和猫(八,19)

狼和小耗子(七,19)

狼和小羊(一,13)

狼落犬舍(二,8)

狼与白鹤(六,12)

狼与牧人(六,1)

狼与羊(九,5)

老鼠(九,3)

老鼠会议(七,1)

老朽的狮子(八,1)

两个马车夫(外,7)

两个男孩(九,7)

两个乡巴佬(七,20)

两只鸽子(一,18)

两只狗(七,22)

两只木桶(六,5)

椋鸟(四,6)

猎人(六,8)

驴子(一,16)

驴子(八,13)

驴子和兔子(外,9)

驴子和夜莺(二,23)

驴子与农夫(六,11)

落网的熊(六,19)

m

蚂蚁(六,14)

马与骑手(四,17)

麦穗(六,20)

猫头鹰和驴子(八,17)

猫与厨师(三,8)

猫与夜莺(七,23)

蜜蜂与苍蝇(六,13)

米隆(八,14)

绵羊与猎犬(六,18)

命运女神来做客(五,26)

命运女神与乞丐(五,22)

磨坊主(七,2)

母鹿和托钵僧(三,19)

牧人(九,1)

牧人与大海(六,15)

n

男孩儿与蛙虫(六,21)

农夫和强盗(四,14)

农夫和蛇(七,6)

农夫与板斧(五,13)

农夫与狐狸(三,11)

农夫与狐狸(八,15)

农夫与马(八,3)

农夫与蛇(四,13)

农夫与死神(五,10)

农民和狗(九,6)

农民和雇工(二,19)

农民和绵羊(七,16)

农民与河流(四,18)

农民与蛇(六,16)

女主人和两个女仆(五,5)

p

怕丢面子的赌徒(外,1)

帕尔纳斯山(一,8)

炮与帆(八,12)

瀑布与小溪(八,21)

q

骑士(五,11)

潜水采珍珠的人(五,4)

勤劳的熊(六,23)

蜻蜓和蚂蚁(二,12)

青蛙和黄牛(一,6)

穷汉发财(八,9)

群蛙求王(二,1)

s

三个乡下人(八,23)

山雀(一,15)

商人(八,11)

蛇(八,18)

蛇与绵羊(七,11)

神像(一,9)

石斑鱼(七,5)

石头和小虫(五,6)

矢车菊(一,10)

狮子(八,22)

狮子打猎(四,16)

狮子的培育(三,12)

狮子和老鼠(九,9)

狮子和狐狸(五,17)

狮子和狼(五,14)

狮子和人(外,4)

狮子和蚊子(三,9)

狮子、羚羊和狐狸(八,2)

狮子与雪豹(二,2)

守财奴(七,17)

树林与火焰(一,11)

树叶和树根(四,2)

梳子(六,3)

水手与大海(六,10)

说谎的人(二,13)

四重奏(四,1)

松鼠(八,4)

松鼠(九,2)

送葬(六,22)

梭鱼(八,5)

梭鱼和猫(二,16)

t

讨三个老婆的人(一,20)

特里什卡的长衫(四,8)

剃刀(八,7)

天鹅、梭鱼和青虾(四,5)

挑剔的小姐(一,7)

铁锅与瓦罐(七,12)

痛风病与蜘蛛(五,16)

兔子打猎(二,15)

W

外区来的教民(七,25)

顽童与蛇(六,9)

蚊子和狼(外,10)

蚊子与牧人(五,9)

诬陷(五,25)

乌鸦(七,26)

乌鸦和狐狸(一,1)

乌鸦和母鸡(一,4)

乌云(五,20)

X

小耗子和大老鼠(五,2)

小猫和椋鸟(七,21)

小树(三,14)

小乌鸦(二,21)

小溪(二,9)

小匣子(一,5)

小羊(六,25)

橡树下的猪(七,7)

橡树与芦苇(一,2)

行人与狗(二,11)

雄鹰与爬虫(八,8)

y

宴会(外,5)

夜莺(七,14)

野山羊(七,13)

野兽聚会(四,20)

野兽遭遇瘟疫(二,4)

一把扫帚(七,15)

一只木桶(二,7)

隐士和熊(四,11)

鹰与鸡(一,22)

鹰与蜜蜂(二,14)

鹰与田鼠(三,21)

鹰与蜘蛛(三,18)

影子和人(五,12)

鱼跳舞(七,24)

z

杂毛羊(七,27)

战刀(八,10)

长官和哲人(二,3)

长者和三个年轻人(三,13)

蜘蛛和雷(外,8)

蜘蛛和蜜蜂(七,8)

种菜人和学究(三,10)

猪(三,16)

主人和老鼠(三,3)
烛台和蜡烛头(外,6)
作家和盗贼(六,24)